# 생각의 시체를 묻으러 왔다

**생각의 시체를 묻으러 왔다**

2026년 1월 6일 개정증보판 1쇄 인쇄
2026년 1월 20일 개정증보판 1쇄 펴냄

| | |
|---|---|
| 지은이 | 김영민 |
| 책임편집 | 엄귀영 |
| 편집 | 김천희 정지현 박훈 김찬호 |
| 경영지원 | 나연희 주광근 오민정 김수아 |
| 마케팅 | 안은지 |
| 디자인 | 이수경 |
| 인쇄 | 영신사 |

| | |
|---|---|
| 펴낸이 | 윤철호 |
| 펴낸곳 | (주)사회평론아카데미 |
| 등록번호 | 2013-000247(2013년 8월 23일) |
| 전화 | 02-326-1182 |
| 주소 | 서울시 마포구 월드컵북로6길 56 사평빌딩 |
| 이메일 | academy@sapyoung.com |
| 홈페이지 | www.sapyoung.com |

ⓒ김영민, 2026
ISBN 979-11-6707-219-1  03810

# 생각의 시체를 묻으러 왔다

김영민

사회평론

## 일러두기

1. 이 책에 실린 『논어』 번역문은 모두 저자 김영민의 번역이다.
   저자의 『논어』 전체 번역문은 『논어: 김영민 새 번역』(사회평론아카데미, 2025)을 참조하라.
2. 『논어』의 편장 표시는 편명을 밝히고, 장 번호를 아라비아 숫자로 표기하였다
   (예: 『논어』 「양화」 19).
3. 『논어』 번역문에서 [ ] 안의 문구는 내용 이해를 위해 옮긴이가 추가한 것이
   고, ( ) 안의 내용은 해당 단어에 대한 간단한 설명이다.
4. 『논어』 외 다른 사료의 인용문도 별도의 주가 없는 경우 모두 저자의 번역이다.
5. 외래어 표기는 국립국어원의 원칙을 따랐다.
   중국 인명 표기는 신해혁명(1911)을 기점으로 이전 시기는 한자음으로,
   이후 시기는 중국어음으로 표기하였다.

# 『논어』 연작을 펴내며

우리 사회에서 고전이 갖는 의미를 새롭게 하고자 『논어』 연작을 세상에 내어놓는다. 고전은 반드시 불변의 지혜를 담고 있는 책도 아니고, 반드시 고단한 삶을 위로하는 책도 아니다. 오늘날 고전은 오랜 시간 독자들과 함께했기에, 그리고 앞으로도 함께할 가능성이 높기에 권위를 갖게 된 책이다. 물론 고전을 읽으며 지혜를 얻을 수도 있고 위로를 얻을 수도 있다. 그러나 고전은 널리 오랫동안 읽혀왔다는 이유만으로도 중요하다. 반드시 소중한 지혜가 담겨 있기에 오랫동안 읽혀온 것은 아니다. 반드시 위로를 주기에 오랫동안 읽혀온 것도 아니다. 다양한 이유로 오랫동안 독자와 함께하며 권위를 갖게 된 책이 바로 고전이다.

『논어』의 경우도 마찬가지다. 지혜가 담겨 있기에 『논어』를 읽어야 하나? 글쎄, 시대와 장소를 초월하는 지혜가 『논어』에 담겨 있는지는 확실하지 않다. 그런 지혜에 목마른 사람은 『논어』에서 그런 지혜를 찾아낼 것이고, 목마르지 않은 사람은 찾아내지 못할 것이다. 위로를 얻기 위해 『논어』를 읽어야 하나? 글쎄, 지친 사람들을 어루만지는 메시지가 『논어』에 있는지는 확실하지 않다. 위로가 절실한 사람은 『논어』로부터 위로받을 것이고, 위로가 절실하지 않은 사람은 위로받지 않을 것이다. 다양한 이유로 사람들은 『논어』를 읽어왔고 앞으로도 읽어갈 것이다. 그런 점에서 『논어』는 이 사회의 고전이다.

오랫동안 많은 사람들이 읽으면, 그 내용은 그 사회를 지탱하는 언어가 된다. 『논어』 역시 오랫동안 널리 읽히면서 동아시아인의 생각과 대화를 위한 언어를 창조했다. 그것은 『논어』의 위대함 때문이라기보다는 많은 사람들이 읽어서이고, 많은 사람들이 읽음에 따라 앞으로도 동아시아인의 생각에 깊고 넓은 영향을 끼칠 것이다. 어차피 살다가 한번쯤 읽어야 하는 책이라면, 가능한 한 풍부하고 정교하게 읽어보자는 것이 이 『논어』 연작의 취지다. 그러기 위해 적어도 세 가지가 필요하다.

첫째, 문법이나 어법의 차원에서 오류가 적은 『논어』 번역이 필요하다. 둘째, 전문적인 연구가 뒷받침된 해석이 필요하다. 셋째,『논어』의 구식 이미지들을 털어버리고, 감수성을 일신할 필요가 있다.

새로운 번역과 해석은 기존 번역자와 해석자들에게 달갑지 않을 수 있다. 그것은 기존 번역과 해석으로는 충분하지 않다는 뜻이기 때문이다. 이『논어』연작의 취지는 옛 번역과 해석이 쓸모없다고 선언하는 데 있지 않다. 새 번역과 해석이 완벽하다고 주장하는 데도 있지 않다. 그보다는『논어』번역과 해석이 앞으로 계속 나아질 수 있는 기틀을 만드는 데 관심이 있다. 수많은『논어』번역본이 출간되었지만, 기존 번역이 구체적으로 어떤 문제를 갖고 있는지 집중적이고 체계적으로 논한 책은 거의 없다. 대개 자신이 선호하는 번역과 해설을 제시하는 데 그친다. 그렇게 해서는 독자가 번역의 차이를 평가할 수 없고, 평가가 부재할 때 향후 번역과 해석이 나아지기를 기대할 수 없다.『논어』연작 가운데 『논어번역비평』은 기존 번역을 체계적으로 평가하고 대안적인 번역 방향을 제시하고자 하였다.『논어번역비평』을 읽음으로써 독자가 기존 번역의 문제들을 판별하는 동시에 한문문법을 요령 있게 습득할 수 있기를 희망한다.

기존『논어』해설은 중국의 주희나 한국의 정약용 같은 옛 학자들의 주석을 소개하는 것들이 대부분이다. 물론『논어』에 대한 훌륭한 전통적 주석들이 많이 있다. 그러나 그 주석들을 소개하는 것만으로는 충분하지 않다. 한 세기 넘게 『논어』에 관한 현대적이고 전문적인 연구가 수행되어왔기 때문이다. 그 전문적인 연구는 현행 『논어』한국어 번역본에 충분히 반영되지 않았다. 아니, 지나칠 정도로 반영되지 않았다. 오늘날 바람직한 『논어』번역과 해설을 위해서는 한국어, 중국어, 일본어, 영어 등으로 축적된 전문 연구를 필요한 만큼 참고하고, 검토하고, 반영해야 한다. 그 점에 관한 한, 한국어 『논어』번역본은 갈 길이 멀다. 『논어』해설의 경우도 산발적인 입장 소개에 그칠 뿐, 논증의 형태로 주장을 개진한 경우는 많지 않다. 『논어』연작 가운데 『배움의 기쁨』은 학술 논문의 형식을 통해 주석 전통을 잇는 한편, 기존 해석을 체계적으로 평가하고 대안적인 해석을 제시하고자 하였다. 『배움의 기쁨』을 읽음으로써 독자는 기존 해석의 문제점을 판별하는 동시에 새로운 해석에 접할 수 있기를 희망한다.

이 『논어』연작은 궁극적으로 『논어』를 둘러싼 언어와 감수성을 갱신하기를 희망한다. 그와 같은 취지에서 이미 『우리가 간신히 희망할 수 있는 것』(개정증보판 『생각의 시체를 묻으러 왔다』)이라는 논어 에세이를 출간하였고, 이번에 『논어란 무엇인가』라는 교양서를 출간한다. 『논어』는 누구나 한번쯤은 읽어봐야 할 고전으로 여겨지지만, 동시에 시효가 지난 고답적인 옛날 책으로 간주되기도 한다. 그러는 것도 무리가 아니다. 이미 생명력을 잃은 언어로만 『논어』를 해설하는 책, 더 이상 울림이 없는 언어로 『논어』를 풀이하는 책, 동어 반복에 가까운 해설로 가득한 책, 낡은 편견을 반복하는 수단으로 『논어』를 들먹이는 책들이 넘쳐난다. 그런 경향에 반대하는 이는 『논어』가 여전히 살아 있음을 보여주고 싶어 무리한 주장을 펼치곤 한다. 그러다보면 자칫 수천 년 전 텍스트를 오늘날의 관심에 맞게 왜곡하거나 단순화하는 일이 벌어진다. 서구 문명의 폐해를 극복할 지혜를 가진 『논어』, 자본주의의 폐단을 극복할 지혜를 가진 『논어』, 인류의 미래를 열어줄 『논어』, 서양 고전보다 더 뛰어난 『논어』, 고단한 인생을 위로해줄 『논어』, 이런 식으로 포장된 『논어』가 과연 『논어』의 참모습일까?

현대의 관심사에 의해 과도하게 재단된 『논어』는 독자에게 새로운 내용을 전해주지 못한다. 잘해야 듣고 싶은 이야기를 들려줄 뿐이다. 『논어』가 처한 역사적 맥락을 충분히 고려했다면 독자에게 낯선 이야기를 전할 수도 있으련만, 이제 『논어』는 너무 현대적이어서 진부한 책이 되고 만다. 이 『논어』 연작은 『논어』를 충분히 역사적으로 바라봄으로써 『논어』에 대한 감수성을 갱신할 수 있다고 믿는다. 『논어』 성립기에 경쟁했던 다른 입장들을 고려함에 의해,『논어』가 당연시하고 있는 전제들을 드러냄에 의해,『논어』가 답이라면 문제는 무엇이었는지 물음을 통해, 성인이 되기 전 공자의 모습을 그려봄을 통해『논어』의 역사적 맥락에 충실할 수 있기를 바란다. 좀 더 역사적이 됨으로써 좀 더 오늘날에 적실한 텍스트로 거듭나는 아이러니, 그 아이러니를 구현하는 것이 이『논어』연작의 목표다.

이것이 곧 고대 중국에『논어』를 가두어야 한다는 말은 아니다. 여러 곳을 돌아다녀보아야 자신이 사는 곳의 특징을 알게 되는 것처럼, 외국인을 만나보아야 한국인의 특징을 깨닫게 되는 것처럼, 물 밖으로 나와야 물을 제대로 보게 되는 것처럼『논어』의 입장을 알기 위해서는 다른 입장들을 고려할 필요가 있고, 그 다른 입장들은 고대 중국에 국한될 필요가 없다.『논어』의 세계를 조명하기 위해 고대 중국을 넘어서 유럽, 미국, 한국 등 그 어느 지적 전통이든 적절하기만 하다면 활용할 수 있다. 어쩌면 지금까지 해설은 충분히『논어』를 벗어나지 못했기에『논어』를 충분히 조명하지 못했는지 모른다.『논어』를 벗어남으로써『논어』에 더 충실해지는 아이러니, 그 아이러니를 구현하는 것이 이『논어』연작의 목표다.

이『논어』연작은『논어』나 공자를 찬양하거나 비판하

는 데는 관심이 없다. 인류를 위한 결정적인 지혜나 한국 사회를 밝혀줄 청사진을 그려내는 데도 관심이 없다. 누군가의 인생을 구제해줄 결정적인 지혜를 찾는 데도 관심이 없다. 그 대신에 나는 『논어』를 우리의 생각을 구성해온, 구성하고 있는, 구성해나갈 자원의 하나로 간주한다. 우리 곁을 떠나지 않는 『논어』라는 고전을 잘 가다듬어, 생각의 자원을 조금이라도 풍부히 하려는 것이 나의 소박한 목표다. 이 『논어』 연작을 읽으며 자기 삶을 구성하는 참고체계를 확장하고, 그 확장된 세계 속에서 자유로이 헤엄치는 모습이 이 글을 준비하는 내내 상상했던 독자의 모습이다.

이 『논어』 연작을 완간하기까지 실로 많은 이들의 도움을 받았다. 『논어』 연작을 기획하는 데 좋은 대화 파트너가 되어준 주일우 님, 자료 정리부터 교정·교열에 이르기까지 여러 가지 수고로운 작업을 함께 해준 박성운 님과 송지혜 님을 비롯한 조교들, 그리고 사회평론 여러 분들로부터 큰 도움을 받았기에 이 자리를 빌려 감사드린다. 끝으로, 나와 함께 『논어』를 읽었던 학생들을 기억한다.

2025년 가을
김영민

# 차례

매료된 이들은 텍스트를 남기고,
남겨진 텍스트는 상대를 불멸케 한다.

# 생각의 시체를 묻으러 왔다

　오늘날 '동양' 고전 읽기와 관련해서 가장 경계해야 할 것은 고전을 미끼로 해서 파는 만병통치약이다. 여러 고전 해설가들은 동양 고전에서 진정한 민주주의의 뿌리를 발견하기도 하고, 환경오염을 해결할 대안을 발견하기도 하고, 현대사회의 소외를 극복할 공동체를 발견하기도 하고, 물질적 퇴폐에 맞서 인간성을 회복할 정신적 가치를 발견하기도 하고, 노화를 위로할 신경안정제를 찾아내기도 한다.

　만병통치약을 파는 고전 해설은 건강보조식품 광고에 실린 기나긴 효능 리스트를 닮았다. 진정한 민주주의, 자연 친화적 세계관, 소외를 극복하는 공동체의 이상, 그리고 피로 회복, 변비, 탈모 치료에 이르기까지. 서점의 자기계발서 판매대에서만 고전을 만병통치약으로 포장해서 파는 것이 아니다. 정교한 지식을 추구해야 할 대학 또한 예외가 아니다. 사이비 만병통치약을 사고판다고 감옥에 가야 한다면, 오늘날 대학이 곧 감옥이다.

그렇다고 이 말이 동양 고전에서 현대 산업사회 위기의 해결책이나 버거운 인생에 대한 위로를 찾아서는 안 된다는 뜻은 아니다. 인간은 필요하면 거의 모든 것에서 원하는 바를 찾아낸다. 외로운 영혼이 건설 현장 덤프트럭에서 심리적 위로를 얻었다고 해서 그것을 나무랄 수는 없다. 따뜻한 손길이 그립다보면 녹슨 포클레인에서도 따스함을 찾을 수 있는 것이 인간이다. 동양 고전에서 무엇을 찾아내든 상관없다. 남에게 폐를 끼치지 않는다면.

문제는 그것을 만병통치약으로 포장해서 독자들에게 팔 때 시작된다. 그러한 부류의 고전 해석은 해당 고전보다는 그 판매자에 대해서 더 많은 것을 알려준다. 누군가 덤프트럭에서 정서적 위안을 얻는 모습을 보며 우리는 덤프트럭에 대해서보다는 덤프트럭에서조차 위안을 찾아야 하는 그 사람의 상태에 대해서 좀 더 알게 되는 것처럼.

만병통치약을 표방하는 고전 해석에서 우리가 알 수 있는 것은 동양 고전에 대한 상대적으로 정확한 지식이 아니라, 부지불식간에 전시하는 지적 권위에 대한 화급한 욕망,

사회인들의 전방위적 멘토가 되어보겠다는 허영, 그리고 무엇보다 지성계에 광범하게 뿌리 내린 허위의식이다.

## 『논어』의 언명은 수천 년 전에 발화된 것들

허위의식 중 대표적인 사례는 동양 고전을 통해서 서구 중심주의를 넘어설 수 있다고 주장하는 것이다. 적지 않은 학자들이 '동양'이라고 부르는 폭넓고 느슨한 전통에서 가장 강해 보이는 무기를 골라 '서양'이라고 부르는 역시 폭넓고 느슨한 전통에서 가장 취약해 보이는 지점을 타격한다. 오늘날 온갖 병폐의 근원은 특정 동양 고전이나 전통에 있다고 주장하는 태도 역시 허위의식으로부터 자유롭지 못한 건 마찬가지이다. 그들의 대범하고 과장된 주장은 동서양 문명에 대해서 정교한 이해를 전해주기보다는 그러한 주장의 근저에 있는 다소 서글픈 허위의식을 드러낸다. 씹을 수도 없을 정도로 큰 빵을 억지로 입에 넣고 버둥대는 작지만 탐욕스러운 입술들처럼.

하필 『논어』는 그러한 허위의식에 가장 취약한 고전 중의 하나이다. 『논어』는 오랜 시간 고전으로서의 권위를 누려왔음에도 불구하고 그 내용이 일견 고도의 지적 훈련 없이도 이해할 수 있을 것 같은 평범한 언명으로 가득 차 있다. 따라서 많은 이들이 『논어』를 불후의 고전이라고 선언하고 자신들이 발견하고 싶은 것을 『논어』에 마음껏 투사한다. "살아 있는 고전의 지혜"라는 상투어를 남발하면서. 여기 지혜가 살아 숨 쉬고 있어요! 상하기 전에 빨리 한 권 사서 집에 가져가세요! 당신이 당면한 문제를 살아 있는 고전이 해결해줄 겁니다!

하지만 『논어』에 담긴 생각은 이미 죽었다. 『논어』의 언명은 수천 년 전에 발화된 것들이고, 그 발화자와 청중은 오래전에 죽었으며, 그 언명에 원래 의미를 부여하던 맥락들 역시 역사적 조건이 변화하면서 오래전에 사라졌다. 그러한 『논어』의 내용을 살아 있는 고전의 지혜라고 부르는 것은 『논어』와 우리 사이에 놓여 있는 오랜 시간과 맥락의 간극을 무시하는 일이다.

과거의 고전을 사랑하는 것은 살아 있는 존재와 연애를 하는 일과는 다르다. 죽은 것을, 죽었기에 사랑하는 지적 네크로필리아necrophilia들에게는 그들 나름대로 지켜야 할 사랑의 규약이 있다.

먼저 인간이 시간의 수인囚人이라는 것을 부정하는 입장이 있다. 인간은 태어나면서 끊임없이 변화하는 역사적 환경 속으로 내던져지기에 그 변화로부터 완전히 자유로울 수는 없다. 그럼에도 불구하고 변치 않는 인간의 조건이 있다면 적어도 그 조건에 관한 한 인간은 시간을 초월해 있다고 할 수 있다. 이를테면 인간의 생물학적 조건이야말로 변치 않는 인간의 조건이라고 주장할 수 있다.

인간은 언제 어디에서 살든 먹고 마시고 배설한다. 혹은 집단을 이루어 산다는 사실이야말로 인간 조건이라고 주장할 수도 있다. 또는 인간은 현재 주어진 것에 만족하지 않고 늘 좀 더 나은 상태를 꿈꾼다는 사실이야말로 인간 조건이라고 주장할 수도 있다.

각자 염두에 두는 인간 조건이 무엇이든 고전이 시공을 초월해서 의미가 있다면, 바로 이 불변의 인간 조건이 만드는 근본 문제에 대해 발언하기 때문이다. 그렇다면 비록 과거의 산물이라고 할지라도 고전에 담긴 생각은 무의미한 시체가 아니다. 인간의 조건이 변치 않는 한, 근본 문제가 사라지지 않는 한, 고전의 가치 역시 변치 않는다. 그런데 과연 인간에게 그토록 변치 않는 근본 문제가 있는가?

예나 지금이나 인간이 같은 생물학적 종으로 일정한 조건을 공유하는 한 근본 문제는 있다고 할 수 있을는지 모른다. 그러나 오늘날 인간의 근본 문제라고 생각되는 것들이 언젠가는 근본 문제이기를 그칠지도 모른다. 이를테면 오늘날 적지 않은 사람들은 더 이상 신神의 섭리를 해석하는 문제를 근본 문제로 생각하지 않는다. 의학이 혁신적으로 발전한 어떤 미래에는 인간의 생로병사 역시 근본 문제이기를 그칠지 모른다. 인공지능의 발달은 인간에게 가장 적절한 공동생활의 형태가 무엇인지, 권위의 근원은 무엇인지에 대한 논의를 종식시킬지도 모른다.

## 새로운 상상의 지평을 열어주는 서먹함

근본적이든 아니든 인간에게 문제는 늘 있다. 그것이야말로 근본 문제이다. 그렇다면 변치 않는 근본 문제의 유무보다 중요한 것은 문제에 대한 답이 존재하느냐는 것이다. 지적 네크로필리아들이 전제하는 것은 어떤 특정 고전이 인간이 가진 근본 문제에 대해 확고하고도 결정적인 답을 주지는 않는다는 점이다.

고전이 결정적인 해답을 정말 줄 수 있었다면, 아마도 그 문제는 오래전에 해결되어 더 이상 인간을 괴롭히지 않을 것이다. 고전은 변치 않는 근본 문제에 대해 결정적인 답을 제공하기에 가치 있는 것이 아니라, 근본 문제에 관련하여 상대적으로 나은 통찰과 자극을 주기에 유의미하다. 그래서 하나의 고전을 성전으로 만드는 대신 지적 네크로필리아들은 과거에 존재했던 다양한 양질의 자극을 찾아서 오늘도 역사의 바다로 뛰어든다.

그들이 보기에 인간의 근본 문제는 일거에 대답할 수 있는 종류의 것이 아니라 혈압이나 피부 트러블처럼 평생 지속적으로 관리해야 할 인생의 동반자이다. 어제 맛있는 케이크를 먹음으로써 인생의 허무라는 근본 문제를 해결한 것 같았어도, 오늘 다시 배가 고파지면 그 문제가 아직 해결되지 않았음이 드러난다. 그러니 인생의 허무란 제거할 대상이 아니라 관리할 대상이라는 것을 인정하면서 더 맛있는 케이크를 찾아 오늘도 새로 문을 연 제과점으로 발길을 옮기는 것이다.

변치 않는 인간의 근본 문제가 존재하지 않는다고 생각하는 사람들은 고전에 대해 또 다른 입장을 취할 수 있다. 즉,『논어』같은 텍스트가 어떤 근본 문제에 대해서 말하고 있다기보다는 어디까지나 일정한 역사적 맥락에서 존재했던 특수한 문제에 대해서 발언하고 있다고 보는 것이다. 그 맥락과 문제는 더 이상 존재하지 않는다는 점에서『논어』에 담긴 생각은 죽은 지 오래되었다. 그렇다고 해서 이 죽은 생각의 시체가 오늘날 우리에게 아무런 의미도 없다는 말은 아니다. 사상사의 역설은 어떤 생각이 과거에 죽었다는 사실을 냉정히 인정함을 통해 비로소 무엇인가 그 무덤에서 부활한다는 것을 믿는 것이다.

그렇다면 생각이 죽어 묻히는 자리는 어디인가? 생각의 무덤을 우리는 텍스트text라고 부른다. 그렇다면 텍스트가 죽어 묻히는 자리는 어디인가? 텍스트의 무덤을 우리는 콘텍스트context라고 부른다. 콘텍스트란 어떤 텍스트를 그 일부로 포함하되, 그 일부를 넘어서 있는 상대적으로 넓고 깊은 의미의 공간이다.

죽은 생각이 텍스트에서 부활하는 모습을 보려면 콘텍스트를 찾아야 한다. 즉 과거에 이미 죽은 생각은 『논어』라는 텍스트에 묻혀 있고, 그 텍스트의 위상을 알려면 『논어』의 언명이 존재했던 과거의 역사적 조건과 담론의 장이라는 보다 넓은 콘텍스트로 나아가야 한다.

공들여 역사적 콘텍스트를 구성하는 데 성공했을 때에야 비로소 고전 속에 죽어 있는 생각들은, "죽은 연인의 흰 목을/마지막으로 만질 때처럼/서먹하게"(진은영, 「불안의 형태」 중에서) 온다. 고전이 담고 있는 생각은 현대의 맥락과는 사뭇 다른 토양에서 자라난 것이기에 서먹하고, 그 서먹함이야말로 우리를 타성의 늪으로부터 일으켜 세우고 새로운 상상의 지평을 열어준다.

## 텍스트를 읽을 줄 아는 사람이 되는 것

생각의 시체가 주는 이 서먹함을 즐기기 위해서는 서둘러 고전의 메시지라는 목적지에 도달하려고 들지 말고, 그 목적지에 이르는 콘텍스트의 경관을 꼼꼼히 감상해야 한다. "목적지에 빨리 도달하려고 달리는 동안 주변에 있는 아름다운 경치는 모두 놓쳐버리는 거예요. 그리고 경주가 끝날 때쯤엔 자기가 너무 늙었다는 것을 알게 되고, 목적지에 빨리 도착하는 건 별 의미가 없다는 것을 알게 되지요."(진 웹스터, 『키다리 아저씨』 중에서)

고전의 메시지에 빨리 도달하려고 서두르는 동안 콘텍스트가 주는 다채로운 경치는 모두 놓치게 되고, 경주 끝에 얻은 만병통치약은 사이비 건강보조식품으로 판명된다. 대신 콘텍스트가 주는 경관을 주시하며 생각의 무덤 사이를 헤매다보면 인간의 근본 문제와 고투했던 과거의 흔적이 역사적 맥락이라는 매개를 거쳐 서먹하게 그 모습을 드러낸다. 바로 그 순간이야말로 오래전 죽었던 생각이 부활하는 사상사적 모멘트moment이다.

고전의 지혜가 현대에 우리가 당면한 어떤 문제도 해결해주지 않는다고? 그렇다면 『논어』를 왜 읽는가? 고전을 왜 읽는가? 실로 고전 텍스트를 읽는다고 해서 노화를 막거나,

우울증을 해결하거나, 요로결석을 치유하거나, 서구 문명의 병폐를 극복하거나, 21세기 한국 정치의 대답을 찾거나, 환경 문제를 해결하거나, 현대인의 소외를 극복하거나, 자본주의의 병폐를 치유할 길은 없다. 고전 텍스트를 읽음을 통해서 우리가 간신히 희망할 수 있는 것은, 텍스트를 읽을 줄 아는 사람이 되는 것이다. 그리고 삶과 세계는 텍스트이다.*

* 이 책에서 지칭하는 공자는 실존 인물로서 공자가 아니라 『논어』에서 묘사된 공자다.

# 1

# 침묵의 함성을 들어라

# 왜 구태여 침묵했는가

내 주변의 학자 한 분은 평생 배우자에게 사랑한다는 말을 한 적이 없다. 그뿐 아니라 어지간한 일에는 감정의 동요를 보이지 않기에, 그는 마치 아무것도 사랑하지 않는 사람처럼 보일 때도 있다. 그럼에도 불구하고 그가 텍스트를 읽을 때 보여주는 열정과 통찰력은 놀랍다. 어떻게 하면 그의 텍스트 독해 능력을 강의실의 학생들에게 전해줄 수 있을까?

텍스트를 정밀하게 독해close reading하려면 기본적인 문해력 이상의 능력이 필요하다. 누구나 알아보게끔 문장의 양지에 드러나 있는 의미뿐 아니라 문장의 음지에 숨어 있는 의미까지 포착하려면 남다른 집중력과 훈련된 감식안이 필요하다. 이 정밀 독해 방법이 가진 문제는 양적 자료를 다루는 방법과 달리 일정한 절차로 정식화하기 어렵다는 점이다.

예컨대 사회연결망 분석처럼 양적 데이터를 다루는 연구는 자료를 어떻게 가공한 뒤, 어떤 단계를 거쳐, 어떤 소프트웨어에 구동시키면, 어떤 결과가 나온다는 식으로 절차를 정식화할 수 있다. 반면 텍스트 정밀 독해의 관건은 정식화된 절차를 적용할 줄 아느냐의 문제가 아니라 그런 독해를 할 수 있는 감수성을 지닌 사람이 될 수 있느냐의 문제이다. 마치 깊은 울림을 주는 회화를 그려내기 위해서는 공식화된 붓놀림의 절차를 밟는 것으로 충분하지 않고, 그런 회화를 그릴 수 있는 감수성을 지닌 사람이 되어야 하는 것처럼, 텍스트를 잘 읽기 위해서는 텍스트를 잘 읽을 수 있는 사람이 되어야 한다. 이러한 일종의 '동어 반복'이 텍스트 정밀 독해 방법의 핵심을 이룬다.


## 텍스트에 대한 감수성을 일깨우려면

텍스트 정밀 독해를 익히는 과정은 컴퓨터 소프트웨어 구동 방법을 익히는 일과는 다르다. 텍스트 정밀 독해를 배우고 싶은 사람은 정식화된 절차를 외우는 대신, 상대적으로 더 훈련된 감수성을 지닌 독해자를 만나 그와 더불어 상당 기간 동안 함께 텍스트를 읽어나가며, 그 과정에서 자신의 감수성을 열고 단련해야 한다. 학생이 아무리 텍스트를 들여다보아도 별다른 의미를 찾아낼 수 없어 난감해할 때, 선생은 그 학생이 미처 생각하지 못했지만 듣고 나서는 쉽게 거부할 수 없는 해석을 제시할 것이다. 그러다보면 좀 전에 느꼈던 난감함은 텍스트를 좀 더 섬세하게 읽을 수 있는 감수성으로 발전할 것이다.

얼어붙은 감수성이란 마이크로웨이브에 넣어서 후다닥 해동시킬 수 있는 냉동식품이 아니다. 따라서 텍스트에 대한 감수성을 일깨우는 배움의 과정은 종종 더디고 괴롭다. 그래서 학생은 호소한다. 이렇게까지 힘든 일인가요, 텍스트를 읽는다는 것이? 아무리 되풀이해서 읽어도 별생각이 안나요! 이 텍스트 안에 뭔가 의미심장한 메시지가 있긴 있겠죠, 하지만 제 눈에는 그 메시지가 보이지 않아요, 문법이나 단어를 다 알고 있어도요. 어떻게 숨어 있는 텍스트의 의미를 간파해낼 수 있죠? 그러나 정식화된 절차로 이루어진 방법론은 없기에 학생을 만족시킬 수 없다. 난감해진 선생은 이렇게 학생을 달래보는 거다. 우리는 양적 자료를 분석하는 이들과는 다르네. 우리의 방법론은 '정신집중'이지. 정신을 집중하다보면 좋은 생각이 떠오를 거야. 자, 정신집중.

이때 상당수의 학생들이 문득 구식 학문의 어둡고 축축한 폐허에 혼자 서 있는 자신을 발견하게 될 것이다. 뭐? 이 분야의 방법론은 정신집중이라고? 학생들은 주섬주섬 짐을 싸서 좀 더 손에 잡히는 배움을 얻을 수 있는 분야로 떠나려 할 것이다. 잠깐! 선생은 부랴부랴 학생을 붙잡는다. 이 분야가 완전히 망해버리면 안 되는데…. 당황한 선생은 부랴부랴 정신집중보다는 좀 더 구체적인 조언을 하려 든다. 잘 씻고, 좋은 영양 상태를 유지하고, 규칙적인 운동을 하고, 일상에서 스트레스를 받지 않는 게 도움이 될 거예요. 비타민 C도 챙겨 먹어봐요. 건강해야 텍스트 독해도 잘되는 법이죠. 이 말을 들은 학생은 이제 짐조차 팽개친 채 1초라도 빨리 이 구식 학문의 폐허를 떠나버리려고 든다. "함께해서 더러웠고 다신 만나지 말자." 내 짧은 인생은 소중하니까.

## 침묵이란 단순한 발화의 부재가 아니다

학생은 떠났겠지만, 선생이 아주 틀린 말을 한 것은 아니다. 중년에 이른 많은 학자들은 알게 된다. 젊은 시절의 폭음과 방탕함이 결국 이제 와서 자기 학문의 발목을 잡는다는 것을. 체력이 달려 정신을 집중할 수 없는 자신에게 한탄을 거듭하는 한밤중. 노크 소리가 들려 문을 열어보면, 라면과 소주로 하릴없는 나날을 보내던 젊은 날의 자신이 거기서 있다. 영양이 부실하여 초가을 추위에도 부들부들 떨면서 망연한 모습으로 거기 서 있다. 전 당신이 내팽개쳤던 젊은 날 당신의 육체예요. 평생 공부하는 삶을 살 거였으면서 왜 젊은 날 나를 그렇게 학대했죠? 양질의 고기 한 점 입안에 안 넣어주고….

하지만 이것은 노쇠해가는 학자의 한탄일 뿐. 당장 건강한 육체를 가지고 텍스트 읽기에 몰두하고자 하는 학생들에게는 정신집중 구호 이상의 조언이 필요하다. 바로 이때, 침묵도 일종의 발화로 간주하며 텍스트를 읽어보라고 조언할 수 있다. 이 문장들은 도대체 뭘 말하고 있는 거지, 라며 문장의 꽁무니를 따라가고 있던 학생을 불러 세우고, 엄숙하게 말하는 거다. "이 텍스트는 무엇에 대해 함구하고 있는 것인지, 왜 그에 대해서 꾸준히 일관되게 함구하는 것인지, 라고 물어볼 필요도 있어요. 침묵과 공백을 단지 발화의 결여로만 간주하지 마세요. 그래야 문장들 사이를 무심코 지나치지 않을 수 있어요."

어떤 면에서는 침묵이 강력한 발화가 될 수 있다는 점을 받아들이려면, 근본적인 관점의 변화가 필요하다. 마치 나이트 샤말란 감독의 영화 〈식스 센스〉의 마지막 반전처럼. 실용주의 철학자 윌리엄 제임스의 동생이기도 한 소설가 헨리 제임스는 소설 『나사의 회전』에서 시점의 이동을 통해 사태를 완전히 새로 볼 수 있음을 보여준 바 있다. 소설 후반부에서 더 분명해지는 시점의 이동을 예고라도 하듯, 헨리 제임스는 『나사의 회전』 중반부에서 침묵을 이렇게 묘사한다. "나는 입심 좋게 여느 때보다 더욱 많이 지껄였고, 그러다보면 우리 사이에 뭔가 거대하고 뚜렷한 침묵이 생겨났다. 이 침묵을 달리 부를 방도가 없다. 그건 이 순간 우리가 낼지도 모를 어떤 소리와도 무관하게 고조되는 환희이거나 활기찬 낭독일까, 아니면 더욱 힘찬 피아노 연주 따위를 통해 들을 수 있는 정적일까."

그렇다. 침묵이란 단순한 발화의 부재가 아니라, 또 다른 종류의 낭독이자, 들을 수 있는 정적일 수도 있는 것이다. 침묵을 듣기 위해서는 거대한 발상의 전환이 필요하다. 나는 나비 꿈을 꾸는 장주莊周인가, 아니면 장주 꿈을 꾸는 나비인가, 라고 묻는 호접몽처럼, 침묵의 순간을 만들기 위해서 저렇게 요설을 쏟아내는 것인가, 아니면 요설을 계속하기 위해서 잠시 침묵의 시간을 갖는 것일까. 전자라면, 텍스트의 주인공은 더 이상 요설이 아니라 잠시 기다렸다가 찾아오는 침묵이 아닐까.

이처럼 관점을 바꿀 수 있게 되면, 이제껏 텍스트가 무엇을 말하고 있는가에 집중했던 학생은 텍스트가 무엇에 대해 '구태여' 침묵하고 있는지를 묻게 된다. 그리고 그 과정에서 좀 더 예민한 독해자가 된다. 그리고 그 예민함은 앞에 놓인 『논어』의 이해를 넘어 자신의 연애 생활에까지 그 감수성의 촉을 뻗치게 된다.

그는 마침 연애 중이어서, 상대의 말 한마디 한마디, 연애편지 한 구절 한 구절마다 정신을 집중하고 그 의미를 캐고 있던 참이었다. 침묵도 일종의 발화임을 깨달은 그는 문득 깨닫게 된다. 왜 내 연인은 지난 2년 연애하는 동안 "사랑한다"는 말을 단 한 번도 하지 않았지? 왜 사랑에 대해서는 집요하게 침묵했지? 어떤 사안에 대한 집요한 침묵이 있었다고 할 때, 혹은 발화가 예상되는 지점임에도 불구하고 침묵이 흘렀다고 할 때, 그 침묵은 단순한 발화의 휴지기가 아니라 그 자체로 심각한 해석을 요청하는 심오한 '발화'가 되는 것이다.


## 나는 말을 하지 않고자 한다


레오 스트라우스의 추종자를 비롯한 여러 학자들은 종종 침묵의 의미에 대해 주목했다. 특히 주목한 것은, 박해가 두려워서 침묵한다는 사실이었다. 누군가 무엇인가를 말하는 순간, 그 발화로 인해 이익이 침해당하는 사람, 자존심이 상하는 사람, 시샘을 하는 사람이 생겨나기 마련이다. 그리고 그들은 자신의 못남을 증명할 의무라도 있는 듯 그 발화자를 박해하려 든다.

특히 그 발화에 담긴 메시지가 기존 질서와 관행을 뿌리째 전복할 수 있을 정도로 불온한 것일수록 박해의 정도는 더욱 심해진다. 때로는 독배가, 때로는 잘린 말대가리가 소포로 전달된다. 그리하여 발화자는 침묵한다. 그러나 끝내 침묵하는 것은 아니다. 그가 비범한 사상가라면 발화가 아닌 침묵의 방식을 통해 메시지를 전달할 줄 안다. 자신의 말뜻을 이해해줄 사람을 기다리며, 관점을 이동시킬 수 있는 예민한 독해자만 알아보도록, 자신의 진의를 텍스트 어딘가에 침묵의 형태로, 혹은 모호한 표현의 형태로 매설해놓는 것이다. 후대의 누군가 그 텍스트 위를 지나가며 전두엽이 폭발할 수 있도록.

이와 같이 침묵을 매질媒質로 삼은 메시지는 그에 걸맞게 예민한 감수성을 가진 독해자를 요청한다. 이것은 『논어』에 있어서도 마찬가지이다. 『논어』에서 공자孔子(B.C.551~B.C.479)는 말하거나 혹은 침묵한다. 그리고 한 걸음 더 나아가 명시적으로 공자 스스로 특정 사안에 대해 침묵하고자 함을 표명한다. "나는 말을 하지 않고자 한다."(予欲無言.『논어』「양화陽貨」19) 이러한 관점에서 보자면,『논어』텍스트 전체는 발화한 것, 침묵한 것, 침묵하겠다고 발화한 것, 이 세 가지로 분류될 수 있다. 이러한 분류를 염두에 두고, 독해자는 의도된 침묵마저 읽어낼 자세를 가지고『논어』를 탐사해나가야 한다.

공자와 그의 제자들은 더 이상 이 세상에 없으므로, 왜 특정 사안에 대해서 침묵했는지 그들에게 직접 물어볼 수 없다. 아마 살아 있다고 한들 자신이 공들여 지켜낸 침묵에 대해 설명해줄 리가 있을까. 자신들이 직조한 침묵과 요설의 간극을 즐기라고만 하지 않을까. 그래서 후대의 해석 작업은 더 어려워지고, 어려워진 만큼 흥미로워지기도 한다.

그러나 서두에서 이야기한 학자는 아직 내 주변에 있으므로, 나는 그에게 직접 물어볼 수 있는 행운을 누렸다. 왜 평생 배우자에게 사랑한다고 말하지 않으셨죠? 왜 사랑에 대해 침묵했나요? 어떤 박해가 두려웠나요? 고요히 술에 취해 있던 그는 나직하게 대답했다. 사랑은 너무 중요한 단어이기에 쉽게 입에 올리고 싶지 않았다고. 그래서 침묵했다고.

선생님께서 말씀하셨다. "나는 말을 하지 않고자 한다." 자공이 말하였다. "선생님께서 말을 하지 않으시면, 저희들은 무엇을 받아 전한단 말입니까?" 선생님께서 말씀하셨다. "하늘이 무엇을 말하더냐? 사계절이 갈마들고 만물이 생장하건만 하늘이 무엇을 말하더냐?"

子曰, 予欲無言. 子貢曰, 子如不言, 則小子何述焉. 子曰, 天何言哉.
四時行焉, 百物生焉, 天何言哉.

『논어』「양화」 19

# 자유주의 송편

다른 사람들이 배고파 죽겠다고 칭얼댈 때, 진정 배고파 죽을 지경인 사람은 조용히 널브러져 있다. 배고프다고 말하는 사람은 아직 말을 할 정도의 기력은 남아 있는 사람이다. 다른 사람들이 세상에 미련이 없다고 왕왕댈 때, 진정한 염세주의자는 이미 조용히 세상을 떠났다. 이 세상에 미련이 없다고 푸념하는 사람은, 푸념할 만큼은 세상에 대해 미련이 남아 있는 사람이다. 다른 사람이 침묵을 선언할 때, 진짜 침묵하는 사람은 침묵하겠다는 말조차 하지 않고 그저 묵묵히 있다. 침묵을 선언하는 사람은, 선언하는 만큼 침묵하지 않는 셈이다. 공자는 『논어』 「양화」 19에서 자신은 특정 사안에 대해 침묵하겠다고 선언했다. "나는 말을 하지 않고자 한다."(予欲無言.) 진정 아예 침묵하고 싶었다면, 공자는 침묵하겠다는 의사 표명 같은 건 하지 않았으리라.

하지만 공자가 침묵하겠다는 내색조차 없이 아예 침묵해버린 사안이 있을는지 모른다. 『논어』가 제법 긴 글로 이루어져 있다면, 그 글의 흐름과 리듬을 탐색하다가 어느 부분에서인가 공자가 침묵하거나 말을 삼가고 있는 기미를 알아차릴 수 있을는지도 모른다. 그러나 『논어』 텍스트는 대개 간결한 언명이나 대화로 분절되어 있다. 그렇다면 그가 다짜고짜 침묵한 사안이 있는지 어떻게 알 수 있을까?

그것을 알기 위해서는 당시 사람들이 당연하다는 듯 이야기하고 있었던 사안이 무엇인지를 알아야 한다. 그 당시 관행이 되다시피 흔해져버린 발화의 주제와 방식을 알아야, 누군가 그에 대해 각별히 침묵하고 있는지를 파악할 수 있다. 그 사회에 널리 퍼져 있는 관행을 알기 위해서는 목전에 놓인 텍스트를 넘어 보다 넓은 콘텍스트로 나아가야 한다.


## 침묵을 통해 관행을 무시한 로크

레오 스트라우스의 혹독한 비판자였던 퀸틴 스키너에 따르면, 존 로크의 명저 『통치론 *Two treatises of government*』을 제대로 이해하기 위해선 로크가 '영국 전래의 헌정 질서에 따르면' 어떻게 하는 것이 옳다는 식의 논변을 전혀 펼치지 않았다는 사실에 주목해야 한다. 그리고 로크의 그러한 '침묵'을 이해하려면 당시 사람들은 어떤 주장을 펼칠 때 전래의 헌정 질서에 호소하는 관행을 따르고 있었음을 알아야 한다. 그래야 비로소 로크가 그런 관행에 대해 철저히 '침묵'함을 통해 그 관행을 무시하고 있었음을 알 수 있다. 즉 로크의 침묵을 이해하려면, 로크의 해당 저작을 읽는 것만으로는 충분하지 않고, 당대의 언어적 콘텍스트를 알아야 하는 것이다.

콘텍스트에 기반한 이러한 독해는, 침묵뿐 아니라 침묵에 가까운 '생략'에도 적용할 수 있다. 이 점을 설명하기 위해, 퀜틴 스키너는 에드워드 모건 포스터의 소설 『인도로 가는 길』을 예로 든다. 『인도로 가는 길』은 "Weybridge, 1923"이라는 간명한 두 단어로 끝난다. 이 두 단어를 이해하기 위해서 복잡한 문법이 필요하지는 않다. 포스터는 그저 『인도로 가는 길』을 1923년에 (런던 교외에 있는) 웨이브리지라는 곳에서 탈고했다고 말하고 있는 것 같다. 그런데 "Weybridge, 1923"의 보다 깊은 의미는 당대의 관행을 함께 고려했을 때 비로소 드러난다.

이를테면 『인도로 가는 길』보다 불과 2년 전에 발표된 제임스 조이스의 『율리시스』의 마지막 페이지를 보라. 그곳에 나와 있는 "Trieste-Zürich-Paris 1914~1921"이라는 언명은 제임스 조이스가 트리에스테, 취리히, 파리를 떠도는 유목민 같은 삶을 살았으며, 그에 걸맞게 국제주의자 혹은 무정부주의자였음을 상징한다.

실로 아일랜드 더블린에서 태어난 제임스 조이스는 20대 초에 자신이 속한 가족, 교회, 국가를 버리고, 이질적 문화들이 뒤섞여 있던 (현재 이탈리아 북동부) 소도시 트리에스테로 망명한다. 제1차 세계대전이 발발하자 취리히로 옮겼고, 다시 파리로 이사하며, 그렇게 평생 해외를 떠돈다. 그리고 1914~1921년이라는 긴 기간은 그가 작품을 쓰는 데 바친 막대한 시간, 에너지, 고뇌를 상징하는 것 같다. 다시 말해서 "Trieste-Zürich-Paris 1914~1921"이라는 언명은, 제임스 조이스가 오랫동안 고뇌를 짊어진 채 다채로운 이방을 헤매어 다니지 않았으면 『율리시스』 같은 걸작을 쓸 수 없었을 것이라고 말하는 것 같다.

이러한 이미지가 사람들 뇌리에 박혀 있을 무렵, 포스터는 잘 알려지지 않은 '웨이브리지'라는 지명, 그리고 간단히 '1923'이라는 숫자만 적는다. 이러한 고의적인 '생략'은, 이른바 유목적 수선스러움에 대한 경멸, 그리고 고향을 떠나지 못한 스스로에 대한 조소를 담았다고 해석될 수 있다.

# 에둘러 표현해 기존 질서에 균열을 낼 수도

이러한 퀜틴 스키너의 주장을 좀 더 잘 음미하기 위해 우리 주변에서 유사한 예를 생각해보자. 이 사회에서 유행 중인 자기계발서 제목은 대체로 문장의 형태에 가까운 긴 제목을 달고, 거기에 달콤한 부제를 덧붙이는 관행을 따르고 있는 것 같다. 『아프니까 청춘이다: 인생 앞에 홀로 선 젊은 그대에게』 『웅크린 시간도 내 삶이니까: 다시 일어서려는 그대에게』 『천 번을 흔들려야 어른이 된다: 세상에 첫발을 내디딘 어른아이에게』 등등.

이러한 관행이 지배적일 때, 누군가 부제를 생략한 채, 다만 '끙'이라는 한 글자로 책 제목을 지었다고 상상해보자. 그저 신음 소리로서의 '끙'. 이 장엄한(?) '끙'은 관행이 된 수선스럽고 달콤한 제목들에 대한 경멸, 그런 베스트셀러를 내지 못하는 초라한 자신에 대한 조소, 그리고 자기계발해봤자 소용없다는 고백을 동시에 담을 수도 있는 대안적인 제목인 것이다.

이처럼 관행을 따르되, 그 관행의 틀 안에서 침묵하거나 변화를 꾀하는 이들은 엄청나게 전복적인 진리를 알고 있어서, 혹은 그 침묵을 알아줄 미래의 명민한 독자를 기다려서 그렇게 하는 것이 아니다. 그들은 기존의 관행과 권위에 정면으로 대결해봐야 소기의 성과도 거두기 어렵고, 불필요한 에너지 소모가 크다고 판단한다. 오히려 대체로 관행을 따르면서, 그 안에서 관행을 비틀어야, 자신의 메시지가 받아들여질 가능성이 높다고 생각한다. 그래서 그들은 기존의 권위를 공개적으로 공격하기보다는, 민감한 부분에서 침묵하거나, 생략하거나, 관행을 비트는 방식으로 에둘러 자신이 가진 이견을 표출한다.

그들이 에둘러 표현한다고 해서, 기존 질서에 균열을 내지 못하는 것은 아니다. 장기적 관점에서 볼 때, 그들 방식은 심각한 정치적 결과를 초래할 수도 있다. 송편의 예를 들어 생각해보자. 다들 알다시피, 추석이 되면 송편에 대한 이념 투쟁이 격화된다. 송편이 먹고 싶다! 일 년 동안 송편을 찾지 않다가 갑자기 송편이 없으면 큰일 날 것처럼 구는 사람들이 나타난다. 송편을 타도하라! 그에 맞서 송편 자체를 근본적으로 비판하는 혁명가들이 나타난다. 송편이 그렇게 좋은 음식이면 평소에 김치와 함께 먹으란 말이야! 하고 외친다. 명절노동에 지친 이들은 송편을 타도하기 위해서 추석에 송편 대신 공공연하게 치즈케이크를 먹고 그 사진을 인스타그램에 올린다.

그리고 꿀송편 중독자 대 콩송편 중독자들의 해묵은 전쟁이 발발한다. 꿀송편을 기대하다가 콩송편을 씹은 트라우

마가 있는 사람들은 작심하고 콩송편을 비난한다. 콩송편, 그건 맛도 아니여! 그렇다고 해서 콩송편 중독자들이 자신의 입맛을 반성할 리 있겠는가. 그들은 꿀송편 중독자들의 유아적인 입맛을 비웃으며 더욱더 우쭐할 뿐이다. 아무리 꿀송편이 진리라고 한들, 상대는 자신의 자존심 때문에라도 콩송편의 문제점을 인정하려 들지 않는다.

바로 이때, 보다 효과적으로 명절음식을 개혁하기 위해서는, 기존 관행에 정면으로 도전하기보다는 관행을 인정하면서 우회할 필요가 있음을 인정하는 온건개혁파가 등장한다. 그들은 송편 자체에 대한 비판이나 콩송편에 대한 명예훼손은 자제하고 침묵한다. 그 대신, 자유주의의 기치 아래, 송편에 고기를 넣자고 제안한다. 서로 싸우지 말고 콩송편도, 꿀송편도, 깨송편도 다 인정해줍시다. 그러는 김에 송편에 고기도 넣어봅시다.

관행과 정면충돌하는 것은 아니므로, 이 정도 다양성은 허용된다. 그러나 장기적 관점에서 볼 때, 고기송편이 기존 질서에 미치는 영향은 엄청난 것으로 드러난다. 고기송편으로 인해, (고기)송편과 (고기)만두의 구분이 희미해지고 만 것이다. 급기야는 사람들은 송편과 만두를 혼동하기 시작하고, 결국 송편이라는 범주 자체가 사라질 위기에 처하게 된다.

# 침묵이나 생략의 전복적 성격

이처럼 자유주의가 가진 전복적 성격이 드러나면, 보수파는 고기송편을 법적으로 금지하려 들 것이다. 그러나 이미 고기 맛에 이성을 잃은 이들은 고기송편을 포기하지 않는다. 이처럼 송편 소를 두고 갈등이 지나치게 고조되어 전운이 감돌 때, 누군가 제안한다. 송편에 무엇을 넣느냐 가지고 전쟁을 하느니, 아예 송편에 아무것도 넣지 않는 게 어떻소. 싸우느니, 콩이든 깨든 꿀이든 고기든 다 넣지 맙시다. 이리하여 텅 빈 송편. 우리는 이것을 송편의 침묵이라고 부를 수 있으리라. 침묵하는 송편이 가진 전복적인 성격은, 그것이 속이 빈 공갈떡과 구별이 쉽지 않다는 것이다. 급기야 사람들은 침묵하는 송편과 공갈떡을 구별하는 데 실패하고, 결국 송편이라는 범주 자체가 사라지게 된다.

이처럼 관행을 정면으로 부정하는 대신, 관행을 비틀거나 전용하거나 침묵하거나 생략하는 행위에 동반되는 정치적 의미를 파악하려면, 해당 텍스트를 넘어 보다 넓은 콘텍스트의 세계로 나아가야 한다. 그래야 일견 단순한 침묵이나 생략으로 보이는 것들이 갖는 전복적인 성격을 간파할 수 있다. 그러나 누군가 볼멘소리로 이렇게 대꾸할 수도 있다. 난 관행 같은 건 신경 쓰지 않았어요. 그냥 졸려서 침묵했을 뿐이에요. 내 침묵이나 생략을 너무 과도하게 해석하지 말아주세요.

과연, 얼마나 많은 영화감독이 자신이 의도하지 않았던 의미를 과잉 해석해내는 평론가들을 비웃어댔던가. 감독들은 장면 전환을 위해 영화에 터널 장면을 종종 집어넣는다. 그러면 평론가들은 그 터널을 성기의 비유라고 해석한다. 기다렸다는 듯, 감독들은 아니 그건 그냥 콘크리트 터널일 뿐인데, 라고 비웃는다.

누구의 해석이 옳든, 텍스트의 의미는 그 텍스트의 저자가 전적으로 통제할 수는 없다. 어떤 텍스트가 저자의 입과 손을 떠나 공적인 장으로 들어오는 순간, 그 의미는 정치적 맥락으로부터 자유로울 수 없다. 그래서 저자의 원래 의도가 무엇이든, 어떤 것에 대한 침묵이 다른 것에 대한 발화로 해석되기도 하고, 다른 것에 대한 발화가 어떤 것에 대한 침묵으로 해석되기도 한다. 그래서 엄혹한 나치즘의 시대를 살았던 베르톨트 브레히트는 이렇게 노래한 적이 있다. "나무에 대하여 이야기하는 것이/세상에 널린 끔찍한 짓에 대한 침묵이므로 거의 죄악이라면/그 시대는 어떠한 시대인가."(「후손들에게」 중에서)

# 모순과 함께 걸었다

    공자는 무엇에 대해 침묵했고, 무엇에 대해 이야기했나? 『논어』「술이述而」 21에 따르면, 공자가 침묵한 대표적인 사안은 괴이한 힘과 어지러운 귀신에 대한 일이다(子不語怪力亂神). 그리고 주지하다시피 공자가 주로 이야기한 것은 인仁, 예禮, 배움(學) 등이다. 그러나 『논어』「자한子罕」편의 옛 번역 문장을 읽은 독자는 당혹한다. "공자께서는 이익, 운명, 인에 대해서 드물게 말씀하셨다."(子罕言利與命與仁.) 공자가 인에 대해 드물게(罕) 이야기했다고? 그렇다면 『논어』에 109회나 나온다는 인에 대한 언급, 그 수다스러운 논의는 다 무엇이란 말인가? 이 모순을 어떻게 해소할 수 있을까?

    텍스트에서 모순적인 언명이나 취지를 마주쳤을 때, 우

리는 그것을 어떻게 다루어야 할까? 먼저 일견 모순처럼 보이는 것들이 사실은 모순이 아니라는 점을 보여주려고 노력할 수 있다.

첫째, 모순이 되지 않게끔 문장 속 단어를 재정의하려고 시도할 수 있다. "공자께서는 이익, 운명, 인에 대해서 드물게 말씀하셨다"는 여與라는 글자를 병렬의 뜻을 가진 글자로 해석하지 않고 '찬성하다'라는 동사로 보아서 모순을 해결하는 방법이 있다. 그렇게 재해석할 경우, 그 문장은 "공자께서는 이익에 대해서는 드물게 말씀하셨지만, 운명과 인에 대해서는 찬성하셨다"가 된다. 이러한 취지에서 나는 『논어』 「자한」편의 첫 문장을 "선생님께서는 이익에 대해 드물게 말씀하셨고, 운명에 대해 긍정하시고, 인에 대해서도 긍정하셨다"고 번역한다. 그런데 이것이 유일한 방법은 아니다.

중국 금金나라 학자 왕약허王若虛와 청나라 학자 사승조史繩祖 같은 학자들은, 이와 유사한 방식을 취하여 위에서 말한 모순을 해결하고자 했다. 단어의 해석을 수정하려는 다른 시도로는 청나라 학자 황식삼黃式三의 해석을 들 수 있다. 그는 '한罕'자를 '드물게'가 아니라 '공공연하게'로 해석한다. 즉 "공자께서는 이익, 운명, 인에 대해서 공공연하게 말씀하셨다"는 것이다.

둘째, 모순이 되지 않게끔 문장을 새로이 나누어보려고

시도할 수 있다. 이를테면 중국 청나라 학자 초순焦循과 일본 도쿠가와 시대 사상가 오규 소라이荻生徂徠는 앞 네 글자 '子罕言利'와 뒤 네 글자 '與命與仁'으로 문장을 크게 대별했다. 그렇게 할 경우, "공자께서는 이익에 대해서 드물게 말씀하시되, (드물게나마 말씀하실 때는) 운명과 함께 (관련지어 말씀하시고) 인과 함께 (관련지어 말씀하셨다)"라고 해석된다.


## '드물게 말한 것'과 '드물게 기록한 것'의 차이?


이러한 두 가지 방법은 한자의 용례에 관한 지식을 동원해서 모순을 해결하고자 하는 사례들이다. 이러한 시도를 받아들이지 않는 사람들은 주어진 문장의 통상적인 뜻을 유지하면서, 모순을 해소하고자 노력할 수 있다.

첫째, '드물게'라는 것이 과연 어느 정도의 횟수를 의미하는지 분명하지 않다. 따라서 데루이 다카쿠니照井全都 의 『논어해論語解』는 "('드물게'라는 말이 의미하는 것은) 완전히 입을 닫고 언급하지 않았다는 뜻은 아니고, 늘 많이 이야기하지는 않았다는 것이다"(非絶口而不言也, 不常多言耳)라고 말한다. 즉 『논어』에 인이 109회나 언급되어도, 그것을 '드물게' 말했다고 간주할 수도 있다는 것이다. 많고 적음의 정도는 상대적이다.

둘째, 현대 중국 학자 양보쥔楊伯峻처럼, 드물게 말했다는 것과 드물게 기록했다는 것의 차이에 주목할 수 있다. 이를테면 다음과 같은 상황을 상상해보라. 실제 공자는 '인'에 대해서 드물게 말했다. 그토록 중요한 사안에 대해 드물게 말씀하시다보니 제자들은 자주 물을 수밖에 없었고, 그 대화의 결과들을 끌어모은 것이 『논어』인 까닭에 『논어』에는 인에 대한 기록이 상대적으로 많아졌다. 이러한 모순 해결책을 생각해내기 위해서는, 『논어』가 공자의 말씀을 단순히 받아 적은 것이 아니라 편집자의 주관이 강하게 개입된 저술이라는 점을 분명히 알아야 한다. 우리가 대하는 텍스트들 중에서 편집자의 손길로부터 완전히 자유로운 것은 거의 없다.

이 '논어 에세이'도 예외가 아니다. 『논어』의 경우도 편집자의 손길에 의해 다양한 이본異本이 탄생해왔다. 근래에도 제나라본(齊本) 『논어』가 발굴된 바 있고, 지금 이 순간에도 중국 어디에선가 달리 편집된 『논어』가 발굴되고 있는지도 모른다. 이런 상황은 진짜 『논어』, 진짜 공자라는 논의를 무색하게 만든다. 우리가 아는 『논어』는 편집 과정을 통해 매개된 텍스트이다. 그렇다고 이것이 곧 현재 우리가 사용하는 『논어』 판본이 무의미하다는 사실을 의미하는 것은 아니다. 지속적으로 전승되고, 사람들에게 많이 읽혀온 텍스트는 진본眞本 여부와 무관하게, 그 자체로 역사적 가치가 있다.

셋째, 다른 제자들은 인에 대해 여러 차례 들은 반면, 저 구절의 기록자만 적게 들었을 가능성을 배제할 수 없다. 실로 『논어』 「옹야雍也」 21에서 공자는 사람에 따라 가르쳐줄 수 있는 내용이 달라진다는 취지의 말을 한 적이 있다. "중간 이상의 사람은 높은 차원에 대해 가르쳐줄 수 있고, 중간 이하의 사람은 높은 차원에 대해 가르쳐줄 수 없다."(中人以上, 可以語上也, 中人以下, 不可以語上也.) 그렇다면 어떤 언명을 제대로 이해하기 위해서는 그 언명이 베풀어질 때 상정되었던 청중을 재구성할 필요가 있다. 마주한 제자가 누구냐에 따라 공자가 가르침을 달리 베풀었다는 점은 학자들에게 널리 인정되고 있다.

넷째, 시간의 변수를 도입해볼 수 있다. 저 기록자가 저 언명을 할 때까지는 공자는 정말로 인에 대해 드물게 말했는지도 모른다. 그리고 그 이후 어느 시점부터 공자는 열렬히 인에 대해 설파하기 시작했을는지도 모르는 것이다. 제한된 시간 내에 상호 충돌하는 언술을 한다면 그것을 모순이라고 할 수는 있어도, 상당한 시간이 흐른 뒤에 상호 충돌하는 언술을 한다면, 그 말하는 사람의 생각이 바뀌었을 가능성이 높은 것이다. 어느 날 누군가 당신을 대머리라고 비웃고 나서, 곧이어 사람 외모를 가지고 놀려서는 안 된다고 말한다면 그것은 모순된 언명일 것이다. 그러나 10년이라는 시간이 흐른 뒤, 그가 사람 외모를 가지고 놀려서는 안 된다고 말했다고 생각해보자. 이때 그는 모순되는 언명을 한다기보다는, 그 10년 동안 자신의 과거를 반성하고 새로운 견해를 가지게 되었다고 볼 수도 있다. 이 경우 필요한 것은, 그 사람의 모순을 지적하는 일이 아니라 어떤 과정을 통해서 생각을 바꾸게 되었는가를 추적하는 생애사적 연구이다. 실제로 적지 않은 사상사 연구가 생애사의 형태를 띠고 있다.

## 일관성 기대 자체가 강박관념

지금까지의 논의들은 텍스트 내의 모순을 해소해야 한다는 강박을 전제한 것들이다. 그런데 우리는 텍스트 내의 모순을 꼭 해소할 필요가 있을까? 모순을 모순대로 인정하고, 그 모순의 함의를 따져볼 수도 있지 않을까? 첫째, 레오 스트라우스 학파의 독법을 따르는 이들은, 뛰어난 사상가가 해소하기 어려운 어처구니없는 모순을 저지를 때는 그 모순은 의도적인 것이며, 그런 모순에는 직접적으로 말하기 어려운 비의적인 메시지가 담겨 있다고 해석할지도 모른다. 이를테면 직접적으로 진술하면 박해를 받을 가능성이 있는 위험한 통찰을 일부러 모순 어법을 통해 표현해보는 것이다. 명민한 독자만이 자신이 숨긴 뜻을 알아볼 수 있도록.

둘째, 레오 스트라우스의 비판자인 퀜틴 스키너는 텍스트에 일관성이 있으리라고 기대하는 자체가 일종의 강박관념이자 신화일 수 있다고 주장한다(mythology of coherence). 퀜틴 스키너의 취지는 독자들이 존재하지도 않는 일관성을 억지로 재구성하려는 데서 오는 왜곡을 경계하고자 한 것이리라. 그러나 잠정적으로나마 일관성을 전제하지 않으면 텍스트를 아예 읽어내기 어려울 수도 있다. 대개의 경우 사상가는 자기 생각의 일관성과 체계에 공을 들이는 경우가 많으므로, 사상 텍스트에는 좀 더 일관성에 대한 기대를 가져도 좋을 것이다.

셋째, 18세기 일본의 사상가 모토오리 노리나가本居宣長는 과거의 텍스트는 일관성을 결여할 가능성이 높다고 생각했다. 그에 따르면 일본 『고사기古事記』에 종종 나오는 모순된 서술은 『고사기』가 믿을 수 없는 사료라는 증거가 아니라 『고사기』야말로 신빙성 있는 사료임을 보여주는 증거이다. 후대에 창작된 것이라면, 명백한 모순을 그렇게 당당히 적어놓을 리 없다는 것이다.

지금까지 말한 것들은 우리가 주어진 텍스트에서 일견 모순적 언명이나 취지를 마주쳤을 때 고려해볼 만한 대표적인 쟁점들이다. 그런데 모순적 어법 아니고는 도저히 표현하기 어려운 삶의 진실 같은 것이 있을 수도 있지 않을까? 논리적 언어로는 표현하기 어려운 어떤 것들은, 일견 모순적 언어 혹은 시적 언어를 통해서 비로소 제대로 표현될 수 있는 것이 아닐까?

이를테면 다음과 같은 인간의 조건을 생각해보자. 필멸의 존재로서 인간은, 살아가는 것이 곧 죽어가는 것이고 죽어가는 것이 곧 살아가는 것이다. 오늘 하루 살았다는 것은 오늘 하루 죽었다는 것이다. 살아가는 게 곧 죽어가는 것이고, 죽어가는 게 곧 살아가는 것이기에, 인간의 삶을 표현함에 있어 살아간다는 말과 죽어간다는 말이 공존할 수밖에 없다.

## 도가 행해지지 않음은 이미 알고 있다

인간의 근본 조건까지는 아니더라도, 우리 내부에 화해하기 어려운 모순적인 열망이 공존할 수도 있다. 영화 〈애니홀〉에서 주인공 앨비 싱어는 불평한다. 사람들은 인생이 고해라고 하면서 동시에 장수하려고 든다고. 그런 것은 마치 맛없는 음식을 먹으면서 추가 주문을 하는 일과 같다고. 실로 그렇다. 일부 사람들이 주장하듯이 인생이 고통의 무한리필이라면, 리필을 하지 않는 편이 합리적일 것이다. 그러나 많은 이들이 장수를 원한다. 고해라는 인생의 술잔을 한 잔 더.

『논어』에 따르면, 공자 역시 그러한 모순에 시달렸던 것 같다. 그는 이상적인 질서가 구현되지 못할 것임을 알면서도 분투했다. "도가 행해지지 않는다는 것은 [공자도] 이미 알고 있다."(道之不行, 已知之矣. 『논어』 「미자微子」 7) 이것은 공자를 모순적이며 비극적인 인물로 만든다. 그는 실패할 것임을 알면서도 그 실패를 향해 전진한다. 그리고 이러한 일견 비합리적인 행동은, 눈앞의 손익을 따지는 이는 꿈꾸지 못할 영웅적인 광채를 공자에게 부여한다.

현대 한국 학계에서 연구의 계획을 설명하고 연구비를 신청하는 프로포절 양식에는 '기대 효과'에 대해 쓰는 부분이 있다. 어느 학자가 『논어』를 읽고 감명을 받은 나머지, 기대 효과를 쓰는 부분에 "내 연구 결과가 세상에 행해지지 않을 것임을 나는 이미 알고 있다. 그럼에도 불구하고 나는 연구한다"라고 쓴다. 이것은 그를 모순적이고 희극적인 인물로 만든다. 그리고 이러한 일견 비합리적인 행동은, 눈앞의 손익도 따질 줄 모르는 무능한 학자라는 광채(?)를 그에게 부여한다.

자로가 말하였다. "벼슬하지 않는 것은 의리가 없는 것이다. 어른과 아이 사이의 예절을 없앨 수 없는데 군신 간의 의리를 어찌 정녕 없앨 수 있겠는가? 자기 한 몸 깨끗이 하려다 큰 인륜을 망치는 법이다. 군자가 벼슬하는 것은 그 의리를 실천하는 것이다. 도道가 행해지지 않는다는 것은 [공자도] 이미 알고 있다."

子路曰, 不仕無義. 長幼之節, 不可廢也. 君臣之義, 如之何其廢之. 欲潔其身, 而亂大倫. 君子之仕也, 行其義也. 道之不行, 已知之矣.

『논어』「미자」9

# 떠나는 이유에 대해
# 침묵해야 할 때가 있다

　　미래에 대한 특별한 고려 없이 다니던 직장에 사표를 내
는 상상은 비현실적일망정 늘 즐겁다. 조직의 미래를 위해 꼭
필요한 인재인 '내'가 어느 날 직장을 떠나기로 마음먹는 거
다. 뚜벅뚜벅 보스의 방으로 걸어가 똑똑 노크를 한 뒤 느릿
느릿 들어가서는 태연하게 사표를 제출하고 돌아 나온다. 당
황한 보스는 허겁지겁 나를 붙잡으며 묻는다. "아니 지금 할
일이 산더미 같은데 직장을 그만두면 어떡합니까? 대체 왜
이러시는 겁니까?"(뭐지, 이 갑작스런 존댓말은?) 이 애처로운 질문
에 대한 대답을 상상하는 일은, 떡볶이를 먹는 일만큼이나
즐겁다. 이때 월급이 너무 적어서 직장을 그만둔다고 하거나,
숨 막히는 위계질서가 싫어서 직장을 그만둔다고, 진지하게

말해서는 아니 된다. 그저 심드렁하게 이렇게 말하는 거다. "직장 관두는 데 이유가 어디 있겠어요. 그냥 그만두고 싶으면 그만두는 거지." 혹은 이건 어떤가. "오늘 하늘이 청명하더군요. 직장 그만두기 좋은 날이라고 생각했어요." 울상이 된 보스는 애걸하듯이 매달린다. "내가 뭘 잘못했나? 뭐든 내가 고치지, 고치고말고." 이때 선심 쓰듯이 한마디 툭 던지는 거다. "지난주 회식 때 저만 고기 안 주셨잖아요." 그때서야 보스는 부하 직원들을 빼고 간부들만 고기를 시켜 먹었다는 사실을 기억해낸다. 그때서야 자신의 치명적인 잘못을 깨닫고 황망한 표정을 하며, 저 인재를 붙들려야 붙들 수 없다는 강렬한 예감에 사로잡힌다. 왜냐? 성인聖人이라는 공자마저도 고기를 주지 않았다고 직장을 떠난 적이 있으므로.

## 예가 아니면, 보지 말고 듣지 말고

『맹자』「고자하告子下」6에 따르면, 공자는 노魯나라 사구司寇(형벌이나 도난 등의 사안을 맡은 벼슬) 직책을 맡고 있다가 느닷없이 직장을 관두고 떠나버린 일이 있다. 제사가 끝났는데도 자신에게 제사 고기가 이르지 않자 쓰고 있던 면류관도 벗지 않은 채 노나라를 떠나버린 것이다. 공자가 자신이 떠나는 진짜 이유에 대해서 침묵했으므로, 사람들은 이러쿵저러쿵 떠들어댔다. 잘 모르는 사람들은 공자가 고기 때문에 떠났다고 생각했다(不知者, 以爲爲肉也). 이를테면, 공자가 내심 너무너무 고기가 먹고 싶었는데 자신에게 고기를 주지 않자 그만 분노를 참을 수 없었던 탓이라고 보는 것이다. 물론 공자가 고기에 대해 중독에 가까운 무조건적인 애착을 가지고 있었다면 그런 추론도 합리적이리라. 그러나 공자는 고기에 관하여 매우 까다로운 사람이었다.

『논어』「향당鄕黨」8을 보라. "고기가 아무리 많아도 [주식인] 밥 기운을 이길 만큼 많이 들지 않으셨다."(肉雖多, 不使勝食氣.) 즉, 정육식당에 가서 배가 부르도록 고기를 먹은 뒤 입가심으로 공깃밥이나 냉면을 먹는 현대 한국인들과는 달랐다. 고기와 밥의 적절한 균형을 유지하는 놀라운 자제력을 지녔던 것이다. 그뿐이랴. "자른 것이 반듯하지 않으면 들지 않으셨고, 음식에 맞는 장을 얻지 못하면 들지 않으셨다."(割不正, 不食. 不得其醬, 不食.) 즉, 똑같은 고기라고 할지라도 썬 모양이 적절치 않다고 판단되면 젓가락을 들지 않으셨던 것이다.

그렇다면 어떻게 썰어야 제대로 썬 것인가? 남북조南北朝시대 양梁나라 황간皇侃의 『논어의소論語義疏』에서는 각(方)이 제대로 지도록 썰어야 고기를 제대로 썬 것이라고 해석했다(古人割肉必方正. 若不方正割之, 故不食也). 음, 이건 제대로 된 깍

둑썰기가 아니군. 각도가 안 맞잖아. 안 먹어. 동진東晉의 강희江熙는, 여기서 제대로 고기를 썬다는 말은 도살할 때 합당하게 도축했는가의 문제라고 해석한다(殺不爲道, 爲不正也). 음, 프랜시스 코폴라 감독의 영화 〈지옥의 묵시록〉 결말에서 소를 잡듯이, 난폭하게 소를 도살했구먼. 이런 고기는 안 먹어. "제사 지낸 고기도 3일을 넘기지 않으셨다. 3일이 넘으면 들지 않으셨다."(祭肉, 不出三日. 出三日, 不食之矣. 『논어』「향당鄕黨」9) 공자는 고기라면 무조건 먹으려고 드는 그런 탐욕스러운 사람이 아니었던 것이다.

이렇게 볼 때, 단순히 양질의 단백질 덩어리로서의 고기를 주지 않는다고 공자가 삐져서 직장을 그만두었다고 보는 것은 설득력이 약하다. 게다가 공자는 백수의 여유를 즐기는 부류의 사람은 아니었던 것 같다. 『맹자』「등문공하滕文公下」3에 따르면, 공자는 정사에 종사할 만한 직책이 없는 기간이 3개월 정도 되면 초조해했다(孔子三月無君, 則皇皇如也). 그렇다면 공자가 부랴부랴 떠난 데에는 뭔가 좀 더 심오한 이유가 있었으리라. 그래서 사태를 좀 안다는 사람은 이렇게 말했다. 예禮가 없어서 공자가 떠났다고(其知者以爲爲無禮也). 그러고 보면, 위에서 거론한 고기에 대한 공자의 태도 역시 다 예에 대한 이야기로 해석될 수 있다. 고기를 밥 기운보다 넘치게 먹지 않는 것도 예, 바르게 썰어 먹는 것도 예, 간을 맞추어 먹는 것도 예이다.

실로 『논어』 「안연顏淵」 1에서 공자는 "예가 아니면 보지 말고, 예가 아니면 듣지 말고, 예가 아니면 말하지 말고, 예가 아니면 움직이지 마라"(子曰, 非禮勿視, 非禮勿聽, 非禮勿言, 非禮勿動)고 말했다. 제사 지낼 때 역시 예외가 아니었다. 이를테면 『논어』 「위정爲政」 5에서 공자는 "[부모가] 살아 계시면 예로써 모시고, 돌아가시면 예로써 장사 지내고, 예로써 제사 지내라는 것이다"(生事之以禮, 死葬之以禮, 祭之以禮)라고 말했다. 이렇게 보면 공자가 그토록 중시한 제사의 자리에서 고기가 제대로 분배되지 않는 상황을 본 공자는, 고기를 못 먹어서 아쉬움을 느꼈다기보다는 제사의 예가 제대로 지켜지지 않았다는 사실에 개탄했다고 보는 것도 무리는 아닐 것 같다.


## 조국을 사랑하되 비판해야 하는 딜레마


하지만 불만을 느꼈다고 해서 '면류관도 벗지 않고 가버리는' 행위야말로 고기를 제대로 분배하지 않은 것만큼이나 예에 어긋나는 일이 아닌가. 면류관은 제사 때에만 쓰고, 평상시에는 쓰지 않게 되어 있는 법. 그런데도 불구하고 공자는 그저 빨리 떠나고자 면류관을 벗을 틈도 없이 떠나버린 것이다. 예를 지키지 않는다는 이유로, 예를 지키지 않으면서 떠나버린 셈이 된다. 따라서 이 해석은 부자연스럽다. 남들이 예를 어긴 것을 비판하려면 그 자신은 예를 지키는 모습을 보여주어야 타당하다. 게다가 면류관을 벗지 않은 행위란 지나칠 정도로 공공연하게 예를 어기는 것이다. 왜 평소에 예가 아니면 움직이지도 말라던 사람이, 그토록 공공연하게 다른 사람들이 다 알아볼 수 있도록 예를 어겼을까? 왜 그토록 보란 듯이 예를 어기며 직장을, 조국 노나라를 떠나버렸을까? 거기에는 어떤 숨은 의도가 있지 않을까?

이에 맹자는 공자가 작은 죄를 구실 삼아 떠나고자 한 것이라고 해석한다(欲以微罪行). 남송南宋의 주석가 주희朱熹는 이를 부연하여, 아무 이유 없이 구차하게 떠나고 싶지도 않았고, 또 크나큰 문제를 걸고서 떠나고 싶지도 않았던 것이라고 해석한다. 당시 공자의 조국 노나라는 날로 수렁에 빠지고 있었고, 개혁에 대한 전망은 도대체 존재하지 않았다. 절망한 나머지 공자는 자신의 조국을 혹독히 비판하고 떠나고 싶었지만, 그것은 그것대로 차마 못할 일이었던 것이다. 혹독하게 비판하기에는 조국이라는 사실이 마음에 걸렸던 것이다. 그렇다고 해서 아무런 계기도 없이 그냥 떠나버리면, 그 또한 이상한 일일 것이다. 이에, 공자는 자신의 조국에 누를 끼치지 않고 떠날 만한 정도의 계기를 기다리다가 마침내 떠난 것이다. "고기가 이르지 않는" 일이 발생하자 그것을 계기로 떠난 것이다. 이 마음을 모르는 주변 사람은 자신들의 깜냥대로 추측하여 구설을 일삼았고, 이에 맹자는 군자가 하는 바를 일반 사람들은 진정 알지 못한다고 논평을 한다(君子之所爲, 衆人固不識也).

위의 해석이 타당하다면, 고기가 이르지 않은 상황을 계기로 공자가 떠나버린 일은 조국을 사랑하되, 그 조국을 비판해야 하는 딜레마 속에서 섬세하게 선택한 사려 깊은 행위이다. 만약 공자가 특정한 도덕률에 고집스럽게 매달리는 협애한 도덕가였다면, 그는 그저 특정 도덕 기준을 들어 자신의 조국을 가차 없이 매도하고 말았을 것이다. 그런 유체이탈 화법을 구사하기에는 공자는 노나라라는 정치공동체에 무관한 인물이 아니었다. 만약 공자가 자신의 출신 지역이나 집단에 대해 무비판적인 충성을 일삼는 사람이었다면, 무조건적으로 조국의 편을 들어 어떤 흠이라도 눈감아주었을는지 모른다. 그러나 그는 조국을 사랑하되, 그 조국을 비판해야 하는 딜레마에 마주하여 그 나름의 해결책을 자신의 행동에 담고자 한 사람이었다. 그리고 그 행동은 무척이나 사려 깊은 것이어서, 그 깊은 차원을 이해하지 못하는 사람들은 그 행동을 오해하였던 것이다.

## 정치 과정의 핵심은 커뮤니케이션

혹자는 왜 공자가 자신이 떠나는 이유를 명명백백히 천명하지 않고 침묵했는지에 대해 의문을 제기할지 모른다. 그러나 공자가 희망하였던 것은 소리 없는 작은 행위가 정치적 메시지를 전달할 수 있는, 그런 공동체였다고 할 수 있다. 정치 과정에서 공동체 구성원 간의 커뮤니케이션은 불가피하며 핵심적이다. 그런 점에서 결국 정치공동체란 일종의 해석 공동체라고 할 수 있을 것이다. 구성원들을 이어주는 유대가 약하면 약할수록 커뮤니케이션을 위해 동원되는 언성은 높아지고, 자신의 의견을 관철하기 위하여 폭력과 과장에 의존하게 된다.

그렇다면 바람직한 정치를 실현하기 위해서는, 섬세한 소통과 해석을 가능케 하는 바탕을 공유하고 유지하는 일이 필요하다. 소통과 해석의 질은 곧 정치의 질이기도 하다. 커뮤니케이션이 거칠어진 나머지, 구호와 폭력만이 만연하게 된다면 그것은 더 이상 커뮤니케이션이라고 부를 수 없으며, 곧 정치적 타락의 지표가 된다. 그것은 공자가 개탄했던 당대 사회의 모습이기도 하였다. 그래서 『논어』 속의 공자는 불필요한 과장overstatement을 비판하고, 침묵 및 삼가 말하기 understatement를 옹호한다.

이러한 해석이 일리가 있다면, 결혼을 위한 양가 상견례에서 고기를 나누어주지 않았다고 자리를 박차고 나가 파혼을 선언하는 약혼자를 너무 미워해서는 안 된다. 상견례에서 마주한 시부모의 가부장적인 행위에서 자신의 불행한 미래를 보았기에, 그러나 오랫동안 사귀어온 연인의 부모를 혹독하게 비판하는 것이 마음에 걸렸기에, 고기를 명분으로 상견례 자리를 박차고 떠나는 것인지도 모르는 일이다. 그렇게 하는 것이 그래도 한때 사랑했던 상대를 배려하는 일이라고 믿으면서.

삶의 여러 국면에서 침묵이 늘 배려의 소산인지는 확실치 않다. 다니구치 지로의 만화 『열네 살』에서 중년의 아버지는 '아무 말 없이' 어느 날 가족을 홀연히 떠나버린다. 남겨진 열네 살 소년은 그로 인해 그 자신이 아버지의 나이가 되기 전까지는 도대체 치유할 길 없는, 어떤 상처를 입게 된다.

# "마르크스'도' 읽어야지"

나무 의자 밑에는 버려진 책들이 가득하였다
은백양의 숲은 깊고 아름다웠지만
그곳에서는 나뭇잎조차 무기로 사용되었다
그 아름다운 숲에 이르면 청년들은 각오한 듯
눈을 감고 지나갔다, 돌층계 위에서
나는 플라톤을 읽었다 (…)
존경하는 교수가 있었으나 그분은 원체 말이 없었다. (…)

기형도, 「대학 시절」 중에서

　"이것만 읽어서는 많이 부족하니까." 손에 들었던 신입
생 교양영어 교재 『후레쉬맨 잉글리쉬』를 내려놓았다. "그러
니까 이번 학기에는 이것도 함께 읽기로 합시다." 플라톤의

『국가*The Republic*』영역본을 들어 올렸다. 이것이 선생에 대한 내 첫 번째 기억이다. 그 학기 교양영어 수업은 어려웠다. 두 사람이 B- 학점을 받았고, 그것이 전체 최고 점수였다. 그 시절은 많은 것이 어려웠다. 날아온 화염병 하나로 도서관 앞 향나무가 순식간에 불길에 휩싸이고 눈앞에서 재가 되었다. 그래도 선생의 수업은 어려웠다.

1980년대 후반에서 1990년대 초에 이르는 시절, 한국의 대학에서 강의에 정성을 쏟는 선생은 드물었다. 정치적인 상황을 이유로, 혹은 대학 축제를 이유로 휴강이 잦았던 시절이었다. 학생들은 급박한 정치적 상황을 이유로 수업에 종종 나오지 않았고, 한 학기에 한 권의 외국어 책 읽기도 버겁다고 칭얼댔다. 선생들 역시 알 수 없는 이유로 결강을 일삼았고, 실러버스syllabus(강의계획서)가 없는 것은 물론, 이번 학기에는 무엇을 읽어야 할지 어떤 리스트도 제공하지 않는 경우가 대부분이었다. 기말 페이퍼를 부과하는 선생도, 그 페이퍼를 첨삭해주는 선생도 물론 드물었다.

이 사람은 다르다. 선생을 알아본 나는 학교 앞 서점에 가서 그의 저서를 샀다. 선 채로 서문을 읽었다. 어려웠다. 그때는 행간에 숨어 있던 한나 아렌트나 메를로퐁티의 그림자 같은 것은 전혀 알아차리지 못했지만, 행동에 대한 명제들은 가슴에 깊이 와닿았다. 돌이켜보면 굉장한 만남이었다.

사상과 역사와 고전을 공부하고 싶어서 대학에 들어왔으나, 많은 수업들 중에서 끝내 길을 찾지 못하던 대학생에게 선생은 그렇게 홀연히 나타났다.


## 마르크스'도' 읽어야지


선생은 궁핍한 시대에 홀로 있는 지성처럼 보였고, 따라서 학교를 떠날 때까지 선생의 다른 수업들을 좇아 들었다. 당시 학생들은 대개 마르크스와 엥겔스의 저작이나 사회주의 관련 일본 책들의 조악한 번역서를 집중해서 읽었을 뿐, 나머지 책들은 쉽게 버려지던 시절이었다. "돌층계 위에서/ 나는 플라톤을 읽었다."(기형도, 「대학 시절」 중에서) 선생의 수업은 플라톤에서 실존주의에 이르기까지 폭넓은 독서를 요구했다. 어느 날, 수업 이외에는 원체 말이 없던 선생을 찾아가서 단도직입적으로 물었다. "역시 마르크스를 읽어야 합니까?" "허허, 그걸 나에게 물으려고 왔습니까?" 선생은 연구실 문을 두드린 나에게 의자를 권했다. 선생은 대답했다. "마르크스'도' 읽어야지."

때는 마침 입대 전, 시간이 황망하게 흐르던 시절이었고, 주변 선후배들이 모여서 『자본론』, 『반듀링론』, 『정치경제학 비판 요강』,『독일 이데올로기』 등 마르크스와 엥겔스의 저작을 죽 읽어나가던 참이었다. 군대 가기 직전에 그 책들을 읽어나간 것은 의미 있는 일이었지만, 좀 더 넓은 정치경제학의 맥락을 알 수 있게끔 프랜시스 허치슨, 애덤 스미스, 프랑수아 케네, 존 스튜어트 밀, 장 보댕, 베르나르도 다반차티, 장 바티스트 콜베르, 리처드 캉티용, 부아길베르, 튀르고의 정치경제학 관련 서적, 그리고 각종 중상주의 팸플릿까지 함께 읽었다면, 한층 넓은 시야와 보다 유연한 시각을 가질 수 있지 않았을까. 그때 이미 파리의 콜레주드프랑스에서는 미셸 푸코가 유럽의 다양한 정치경제학 전통을 소화해서『안전, 영토, 인구』의 내용을 강의한 지 오래였는데. 선생은 마르크스뿐 아니라 다른 사상가의 저작도 읽어야 한다고 권고했지만, 당시 한국의 선생과 학생들은 대체로 지성사적 맥락에 무지했다.

나는 결국 그 무지를 떨치지 못한 채 군대에 갔다. 어느 날 아침 구보를 마친 훈련병들을 군대 훈련소 교관이 불러 모았다. "전달할 게 있다." 교관의 입을 일제히 바라보고 있는 훈련병들에게 교관이 말했다. "소련이 망했다." 페레스트로이카 어쩌고 하더니 결국 망했구나. 군복무 기간이 길지 않았기에, 그 말을 들은 지 너무 오래지 않아 학교로 돌아올 수 있었다. 그러나 마르크스와 엥겔스의 저작을 함께 읽던 선후배들은 이미 뿔뿔이 흩어져 있었다. 종적이 그냥 묘연한 사람도 있었고, 철석같이 믿었던 이데올로기가 의심받자 정신 치유의 여행을 떠난 사람도 있었고, 돈 벌기 위해 입시 학원을 차리려고 계획 중인 사람도 있었고, 취직이 불투명해지자 느닷없이 신경질을 내는 사람도 있었다. "시를 쓰던 후배는 자신이 기관원이라고 털어놓았다/(…)/몇 번의 겨울이 지나자 나는 외톨이가 되었다/그리고 졸업이었다, 대학을 떠나기가 두려웠다"(기형도, 「대학 시절」 중에서)

## 사상가는 당대 지적 담론의 소산

현실 사회주의는 몰락의 길을 가고 있었지만 동양 고전을 읽기에는 좋은 시절이었다. 『행복한 책읽기』에서 문학평론가 김현은 이렇게 말한 적이 있다. "한 사오 년 전쯤, 거의 모든 것을 팽개치고 집에 들어앉아, 노자와 장자만 읽던 내가 생각난다. 나는 버렸고, 그리고 이삼 년을 보냈다. 그러고 나니 조금씩 기력이 되살아났다. 지금도, 그때의 그 무기력증을 생각하면, 겁이 난다. 삶에는 지름길이 없다. 자기가 가야 할 길은 가야 한다." 자신이 속한 공동체의 정신적·지적 시민citizen이 되는 게 중요하다고 여겼던 당시의 나는, 선생을 찾아가 다시 물었다. "동양이나 한국의 사상도 공부할 만합니까?" 선생은 말했다. "충분히 공부할 가치가 있다." "논문을 쓰느라 동양과 한국의 사상을 주제로 삼은 여러 연구서들을 읽어보았으나 대개 불만족스러웠습니다. 이래도 이것이 공부할 만한 것입니까?" "유학을 가게. 그곳에 가면 미국 사람뿐 아니라 중국 사람, 일본 사람, 유럽 사람 등 다양한 사람들을 만날 수 있고, 달리 공부하는 사람들도 있는 걸 알 수 있을 걸세."

## 느닷없는 천재나 악마는 사실 드물다

그리하여 해외로 유학을 나와보니, 학자들이 사상을 대하는 태도가 사뭇 달랐다. 그들 상당수는 과거의 사상가들을 경천동지의 혜안을 가진 고독한 천재나 지성으로 사모하거나 원망하지 않았다. 특히 20세기 후반에 열정적으로 전개된 세계 학계의 사상사 연구 흐름은 천재적이고 뛰어난 사상가로 알려져 있던 과거의 사상가들이 황무지에서 느닷없이 솟아난 존재들이 아니라 그들의 생각을 가능하게 한 당대의 지적 담론의 소산이라는 것, 그리고 그들의 명성을 영속시킨 힘도 단순히 그들의 천재성 때문만이 아니라 그 이후 전개된 여러 역사적 맥락 때문이었음을 보여주었다. 인류의 정신을 새롭게 열어젖힌 천재로 알려진 니콜로 마키아벨리나 존 로크도 그런 점에서는 예외가 아니었다.

동아시아 사상 연구에 관련해서도 마찬가지 흐름이 있었다. 당시 영어권에서는 조선시대 지식인들이 그토록 숭배했던 주희 같은 인물도 단순히 천재적이고 위대한 사상가라기보다는 당대의 문제에 반응했던 여러 지성인 중 한 사람으로 연구하는 흐름이 새롭게 학계를 주도하고 있었다. 이처럼 여러 사람과 함께 구성한 담론의 일부로 과거의 사상을 바라보려면, 마르크스와 엥겔스의 저작들을 읽을 때 관련 정치경제학 저작과 팸플릿까지도 폭넓게 읽을 필요가 있듯이, 좀 더 광범한 독서가 필요하다. 어떤 사상가를 혜성처럼 나타난 성인으로 간주하거나 혹은 악의 근원처럼 간주하다보면, 자칫 사상을 둘러싼 역사적 환경에 눈감게 된다. 그러다보면, 그 사상은 자신이 발견하고 싶은 것만 발견하게 만드는 도구로 전락할 뿐이다. 숭배의 대상이든 혐오의 대상이든. 역사적 관점에서 보면, 느닷없는 천재나 악마는 사실 드물다.


## 춘추시대와 전국시대는 상당한 거리

마키아벨리와 로크처럼, 그리고 남송의 주희처럼, 당대

의 자료가 많이 남아 있는 시대의 사상가는 그들이 처했던 지적 맥락을 재구성하기가 상대적으로 쉽다. 그러나 공자처럼 아주 먼 옛날에 살았던 이들에 대해서는 그러한 접근법을 취하기가 쉽지 않다. 당대의 맥락을 구성할 만한 언설 자료가 태부족인 것이다. 유럽 사상사의 경우에도, 플라톤이나 파르메니데스보다는 마키아벨리나 로크의 사상적 맥락을 재구성하는 게 훨씬 시도해봄 직한 일이다. 적어도 자료는 풍부하니까. 춘추전국시대라는 시대 구분에 의해 공자를 흔히 전국시대 사상가들과 더불어 다루는 일이 흔하지만, 공자가 활동한 춘추시대(B.C.770~B.C.476)는 전국시대(B.C.403~B.C.221)와 상당한 거리가 있다. 춘추시대의 관련 자료는 전국시대 사상가들의 자료에 비해서 훨씬 소략하다.

그럼에도 불구하고『논어』에 담긴 내용의 맥락을 재구성하는 일이 완전히 불가능한 것은 아니다. 춘추시대의 본격적인 사상 텍스트가 거의 남아 있지 않아도, 학자들은 그 나름의 방식으로 관련 자료를 확보하여 연구를 진행한다. 일견 사상 텍스트가 아닌 것으로 보이는『국어國語』,『좌전左傳』,『전국책戰國策』,『서경書經』,『시경詩經』 등에서 관련 자료를 추출해낸다. 그 밖에『춘추사어春秋事語』 같은 마왕퇴馬王堆 출토 백서帛書에서도 도움을 받을 수 있다. 그리고「후마맹서侯馬盟書」나「온현맹서溫縣盟書」 같은 맹약 텍스트들, 청동기

및 청동기에 주조되거나 새겨져 있는 텍스트들(명문銘文)로부터 당대의 언설을 일정 부분 확보할 수 있다. 마치 고대 그리스의 정치사상을 연구하기 위해서는 플라톤의 대화편뿐 아니라 아테네 상류층이 민중을 대상으로 행한 아티카 연설문 Attic oratory도 살펴볼 필요가 있듯이. 그 밖에 한대漢代의 사상 텍스트에도 그 이전 정치가들이나 사상가들의 문장이 실려 있으므로, 적절한 사료 비판을 통과하면 사용할 수 있다. 이러한 자료들이 『논어』에 담긴 생각의 역사적 맥락을 재구성하는 데 큰 도움을 준다.

이렇게 해서 드러난 춘추시대의 모습은, 『논어』에 담긴 공자의 입장 역시 당대의 산물임을 보여준다. 앞으로 살펴보겠지만, 공자는 도대체 예상할 수 없었던 발언을 갑작스럽게 꺼내놓은 천재가 아니라, 이미 선례가 있는 입장이나 경향을 자기 나름대로 소화해낸 사람이었다. 당대의 자료 속에 들어가보면, 공자는 자신이 속한 시대의 문제를 고민했던, 자신이 속한 공동체의 문제를 사유했던 지성인의 한 사람으로 보이기 시작한다. 마치 언젠가부터 대학 시절의 선생이 고독한 천재라기보다는 궁핍한 시대에 살면서 마주한 현실의 문제와 고투했던 당대의 지식인 중 한 사람으로 보이기 시작했던 것처럼.

선생님께서 말씀하셨다. "그대들은 내가 무엇을 숨긴다고 생각하느냐? 나는 그대들에게 숨기는 바가 없다! 행하되 그대들과 함께하지 않는 것이 없다. 이것이 바로 나다."

子曰, 二三子以我爲隱乎. 吾無隱乎爾. 吾無行而不與二三子者, 是丘也.

『논어』「술이」 24

2

실패를 예감하며

실패로 전진하기

# 신의 가호에 회의를 품게 된 시대의 사랑

仁

인


살다가 살아보다가 더는 못 살 것 같으면
아무도 없는 산비탈에 구덩이를 파고 들어가
누워 곡기를 끊겠다고 너는 말했지

나라도 곁에 없으면
당장 일어나 산으로 떠날 것처럼
두 손에 심장을 꺼내 쥔 사람처럼
취해 말했지

나는 너무 놀라 번개같이,
번개같이 사랑을 발명해야만 했네

이영광, 「사랑의 발명」

신형철의 아름다운 글 「무정한 신 아래에서 사랑을 발명하다」(《한겨레》 2016년 8월 12일자)에 따르면, 이 시는 어느 취객을 바라보고 있는 화자의 마음을 그린다. 지독한 음모에라도 휘말린 것인지, 아니면 원통한 실직이라도 하게 된 것인지, 그것도 아니면 예기치 못하게 절필해야 하는 상황에라도 처한 것인지, 누군가는 만취해버렸다. 그는 절망에 빠져 허우적거린다. 이제 더는 살지 못하겠다고 스스로 구덩이에 들어가 하늘을 보고 죽음을 청하려 든다. 그러한 자살 행위는 '신이라는 가장 결정적인 관객을 염두에 둔 최후의 저항'이자 '인간이 무책임한 신을 모독할 수 있는 길'이다. 그런데 바로 그때 기적이 일어난다.

　　갑자기 음모로부터 풀려나거나, 직장으로 복직하게 되었거나, 글을 계속 쓸 수 있게 되거나 한 것은 아니다. 신이 강림하여 절망에 빠진 그를 구원하는 것도 아니다. 기적은 화자가 그에게 동정심을 품게 되었다는 사실에 있다. 절망에 빠진 그를 바라보다가, 화자는 '나라도 곁에 없으면 죽을 사람'이 다름 아닌 '내가 곁에만 있으면 살 사람'이기에, 이 사람을 계속 살게 하고 싶다고 마음먹은 것이다. 그렇게 마음먹은 순간 그는 사랑을 발명한 것이다. 신형철이 보기에, 이러한 상황에서 (존재 자체에 대한) 동정과 사랑은 동의어이다. 이리하여 이 시는 단지 술집에 절박하게 마주 앉아 있는 연인간의 이야기가 아니라, '유사 이래 무정한 신 아래에서 인간이 인간을 사랑하기 시작한 어떤 순간들의 원형' 같은 이야기가 된다.

## 오멜라스를 떠나는 사랑의 기적

2018년 초 작고한 작가 어슐러 K. 르 귄도 「오멜라스를 떠나는 사람들」에서 사랑의 발명과 유사한 기적을 묘사한 바 있다. 이제 기적이 일어나는 배경은 취객이 모여 있는 어두운 술집이 아니라, 꿈에도 그리던 복지사회가 구현된 밝은 도시이다. "울려 퍼지는 즐거운 종소리가 도시를 휘감고 지나며 달콤한 음악이 되어 들려왔다." "주식시장이나 광고, 비밀경찰, 폭탄도" 없기에, 이러한 복지사회는 마치 기적처럼 보인다. 그런데 이곳 사람들이 풍요를 누리기 위해서는 응분의 대가를 치러야 한다. 단 한 명의 아이가 어두운 지하실에서 정신이 박약한 상태로 가두어져서 고통을 받아야 하는 것이다. 그렇게만 하면 나머지 모든 사람은 풍요를 구가할 수 있다. 대부분 사람들은 이 달콤한 풍요가 바로 그 아이의 비참한 처지에 달려 있다는 사실을 잘 알고 있지만, 자신들에게 선물처럼 주어지는 풍요로운 삶을 기꺼이 누린다. 아이한 명은 지하실에서 고통받고 있을지라도, 그것이 어쩔 수 없는 '현실'이기에.

하지만 여기에도 진짜 기적이 일어난다. 갑자기 아이가 지하실에서 풀려나거나, 신이 강림하여 아이를 구원하거나 하는 것은 아니다. 단지, 누군가 그것이 어쩔 수 없는 '현실'이라는 사실을 부정하기 시작하는 것이다. 그는 고통받는 아이를 보고서 한참 동안 침묵 속에 서 있다. 그 고통받는 아이를 뇌리에서 지울 수 없기에, 그는 오멜라스를 떠난다. 그런 식으로 오멜라스의 이상한 풍요를 견디지 못하는 사람들이 하나둘씩 늘어난다. 그것이 바로 '사랑'의 기적이다. 그들은 모두 침묵 속에 묵묵히 한참을 서 있다가 그길로 오멜라스를 떠난다. 그들은 아이를 희생한 대가를 치르고 주어지는 풍요를 더는 받아들일 수 없기에, 다시는 오멜라스로 돌아오지 않는다. 그들이 사랑을 발명한 대가는 풍요의 가짜 낙원으로부터 스스로를 추방하는 것이다.

어슐러 K. 르 귄의 이야기가 보여주듯이, 고통에 처해 있는 아이의 이미지는 이토록 강렬하다. 그래서일까. 오스트레일리아 출신의 저명한 철학자 피터 싱어 역시 자신의 윤리적 비전을 개진하기 위하여 고통받는 아이의 이미지를 불러온다. 이번에는 지하실에 갇혀 고통받는 아이가 아니라, 물에 빠져 죽어가는 아이의 이미지이다. 피터 싱어는 『물에 빠진 아이 구하기*The Life You Can Save*』라는 저서에서 도덕적 책무에 대한 논의를 다음과 같은 질문으로 시작한다. 출근길 연못을 지나다가 물에 빠져 허우적대는 아이를 발견한다면 당신은 어떻게 할 것인가? 만약 그 아이를 구하려 든다면, 그 과정에서 당신의 옷은 젖고 직장에 결국 지각하고 말 텐데. 피터 싱어가 응용윤리 수업 시간에 그러한 질문을 던지면, 대개의 학생들은 그 아이를 구해야 한다고 대답했다고 한다. 그까짓 옷이 젖는 것이 대수이랴. 그까짓 한두 시간 지각이 대수이랴.

피터 싱어가 그러한 질문을 던지기 전에 중국 고대의 사상가 맹자 역시 그와 유사한 사고실험을 했다. 이번에는 연못이 아니라 우물이다. 우물에 빠지려는 아이를 보았을 때 인간은 어떤 반응을 보이는지 맹자가 물었다. 그리고 피터 싱어의 응용윤리 수업을 듣는 학생들처럼, 제대로 된 인간이라면 다들 그 아이를 즉각 구하려 들 것이라고 생각했다. 인간이라면 가지고 있을 동정심을 발휘하여 이것저것 따지지 않고 우물에 빠지려는 아이를 구하려 들 것이라고. 그러니 "사랑을 받는다는 것은 '당신은 죽지 않아도 된다'는 말을 듣는다는 것"이라고 한 가브리엘 마르셀은 타당하다. 누군가를 진심으로 동정한다는 것은, 그 순간 그 타인의 삶과 자신의 삶을 연결시키는 것이다. 그리하여 그를 죽음으로부터 구하기 위해 뛰어드는 것이다. 당신은 죽지 않아도 돼! 신형철에 따르면, "마르셀의 문장은 뒤집어도 진실이다." 내가 너를 사랑한다는 것은 내가 너를 살리겠다는 뜻인 동시에 너를 살리기 위하여 나도 존재해야만 한다는 이야기이다. 나는 존재해야만 해! 즉 이 사랑은 내가 살아가야만 하는 이유이기도 하다. 맹자 역시 이러한 동정심의 실현이야말로 사람이 살아가야 할 이유라고 생각했다.


## 신의 가호에 회의를 품게 된 시대


　맹자의 이 유자입정孺子入井(아이가 우물에 빠짐)의 사고실험은 중국 고대의 인성론人性論을 논할 때 빠짐없이 거론되는 유명한 이야기이다. 그런데 유자입정을 연상시키는 이야기는 『논어』「옹야」26에 이미 보인다. 공자의 제자 재아宰我는 공자에게 이렇게 말했던 것이다. "인한 사람은 누군가 '우물 안에 인한 사람이 빠져 있다'라고 하면 아마 우물에 따라 들어갈 겁니다."(仁者, 雖告之曰, 井有仁焉. 其從之也.) 이 말에서 사랑 혹은 동정을 느끼는 사람은 인한 사람이라고 일컬어지고 있다.
　널리 알려진 바대로 인仁은 『논어』에서 자주 쓰이는, 『논어』의 세계를 대표할 만한 매우 중요한 개념이다. 그렇지만 공자가 인이라는 개념을 발명한 것은 아니다. 조방趙汸 같은 학자가 지적했듯이, 인이라는 용어는 전국시대의 문헌에는 흔히 나타나지만, 그 이전 서주시대 문헌에서는 발견하기 쉽지 않다. 즉 인은 기원전 5세기께 이르러서야 한층 더 자주 쓰이게 된 용어이다. 공자는 바로 그 시대 사람, 즉 인이라는 개념에 주목하기 시작한 세대 중 한 사람이다. 그리고 그 세대는 바로 상당수의 사람들이 신의 가호에 의지하는 일에 회의를 품게 된 시대이기도 하다. 그렇다면 신의 무정함을 깨달은 당시 사람들이 신의 가호에 대한 대안으로, 즉 일종의 자구책으로 인간의 사랑(仁)을 발견하기 시작한 것이 아닐까? 마치 이영광의 시에 나오는 화자처럼. 만약 그렇다면 우리는 사랑을 발명해온 인류의 긴 역사의 한 부분에『논어』를 위치시킬 수도 있다.

이영광의 시는 다행히도(?) 사랑이 발명된 순간 끝난다. 그러나 일단 발명된 사랑은 이 세상에 남겨져 현실 속을 살아가야 한다. 그 현실은 사랑의 발명가들이 미처 던지지 않은 다른 질문들을 던지기 시작한다. 술집에서 취하여 죽어버리겠다던 사람은 그다음 순간 토해서 주변을 더럽히지 않았을까? 고약한 주사를 부리지 않았을까? 사랑을 발명한 그다음 날 숙취에 시달리지 않았을까? 술값이나 제대로 지급했을까? 사람들이 '더러운' 사회계약을 파기하고 마침내 오멜라스를 떠나고 난 뒤, 그 지하실의 아이는 어떻게 되었을까? 정작 동정심과 정의감을 불러일으킨 그 아이는 여전히 고통 속에 있지는 않을까? 오멜라스를 떠나버린 사람들은 그 이후 어떻게 되었을까? 그들은 결국 정주하지 못하고 여전히 어딘가를 떠돌고 있을까? 정주했다면 그들은 지하실 없는 복지사회를 만들 수 있었을까? 도대체 어떤 사회계약을 만들었기에 그것이 가능했을까?

## 두 아이가 동시에 우물에 빠진다면

피터 싱어가 말한 것과 같은 사건이 실제로 2007년 영국 맨체스터에서 일어났다. 아이가 연못에 정말 빠졌던 것이다. 그런데 달려온 경찰은 관련된 훈련을 받지 않았다는 이유로 연못에 들어가서 아이를 구해내기를 거부했다. 그리고 아이는 죽고 말았다. 물속에 뛰어들어 사람을 구조하는 법을 배우지 않은 사람도 그러한 상황에서 자신의 목숨을 내놓아가며 물속에 뛰어들어야 하는가?

재아가 "인한 사람은 누군가 '우물 안에 인한 사람이 빠져 있다'라고 하면 아마 우물에 따라 들어갈 겁니다"라고 말했을 때 공자는 이렇게 대답했다. "군자는 [우물에] 가게 할 수는 있지만, [우물에] 빠지게 할 수는 없다."(君子可逝也, 不可陷也.)
즉 공자에 따르면, 단순히 동정심에 휩싸여 무턱대고 행동
하는 것이 능사는 아니다. 16세기 중국의 정치사상가 왕정
상王廷相은 한술 더 떠서 이렇게 묻는다. 두 아이가 동시에
우물에 빠지면 도대체 어떻게 해야 하죠? 동시에 두 아이를
구할 수 없는 상황이라면, 어느 쪽 아이를 우선해야 하죠?
우선을 정하는 기준은 무엇이죠? 그 기준은 누가 정하죠?

　이러한 질문이 쏟아지는 복잡한 정치 현실 속에서, 동정
과 사랑은 더는 동일한 것이 아니다. 그래서인지 오늘날 사
람들은 인간의 마음에 일어나는 정서적인 격동을 좀 더 섬
세하게 구별하기 시작한다. "소고기 사주는 사람을 주의하
세요. 순수한 마음은 돼지고기까지입니다." 돼지고기를 사
주기 위해서는 동정심 정도로 충분하지만, 소고기를 사주기
위해서는 사랑이 필요한 것이 아닐까? 혹은 돼지고기를 사
주는 이는 '순수한' 동정심에서 그러는 것이지만, 소고기를
사줄 때는 뭔가 정치적 속셈에서 그러는 것이 아닐까? 혹은
동정심은 처지가 좀 더 나은 사람이 처지가 열악한 사람에
게 베푸는 시혜이기에 결국 불평등을 조장하는 감정은 아닐
까? 인간의 '사랑'은 이러한 질문들로 가득한 복잡한 정치 현
실 속을 헤쳐나가야 한다.

재아가 여쭈었다. "인한 사람은 누군가 '우물 안에 인한 사람이 빠져 있다'라고 하면 아마 우물에 따라 들어갈 겁니다." 선생님께서 말씀하셨다. "어찌 그러하겠는가? 군자는 [우물에] 가게 할 수는 있지만, [우물에] 빠지게 할 수는 없다. [그럴듯한 논리로] 속일 수는 있지만, [무턱대고] 속일 수는 없다."

宰我問曰, 仁者, 雖告之曰, 井有仁焉. 其從之也. 子曰, 何爲其然也. 君子可逝也, 不可陷也, 可欺也, 不可罔也.

『논어』「옹야」 26

# 미워하라, 정확하게

## 正
정

 

 우리는 누군가를 제대로 사랑할 수 있나. 허기질 때는 살아 있는 이웃보다 죽어 있는 소고기를 더 사랑하는 우리가 누군가를 정확하게 사랑할 수 있나. 상대에 대한 오롯한 이해와 공감 속에서, 동시에 자신의 역량을 과신하거나 불신하지 않으면서, 어떤 기만에도 빠지지 않으면서 상대를 정확하게 사랑할 수 있나.

 지하철에서 마주친 미인을 바라보다가 그만 같은 역에서 따라 내리고 만다. 아, 같은 지하철역에 내린 걸 보니, 우리는 천생연분이 아닐까, 라는 생각이 스친다. 그러나 곧 자신은 다음 역에 내려야 했다는 것을 불현듯 깨닫고 만다. 기만 없이 정확히 사랑한다는 것은 이렇게 힘들다. 우리는 자신이 원하는 바를 상대에게 투사하는 데 너무 익숙하다. 상대의 정확한 모습을 사랑한 것이 아니라, 자신의 환상을 사랑한 대가는 혹독하다. 사랑의 파국은 대개 상대와 자신에 대해서 부정확했던 사랑의 파국이다.

시인 장승리는 「말」이라는 시에서 부정확한 사랑의 고통에 대해 노래한다. "정확하게 사랑받고 싶었어/부족한 알몸이 부끄러웠어/안을까 봐/안길까 봐/했던 말을 또 했어/꿈쩍 않는 말발굽 소리/정확한 죽음은/불가능한 선물 같았어." 더하지도 덜하지도 않은 사랑, 과하지도 부족하지도 않은 사랑, 정확한 사랑이기에 알몸이 부끄럽지 않은 사랑. 이토록 어려운 과업을 누군가 해내겠다고 약속한다면, 목석같은 사람도 마음을 열지 않을까? 그런 약속을 해주는 사람이라면, 철지난 개량한복을 입고 프러포즈를 해도 성공할 것만 같다.

이와 비슷한 일이 실제로 일어났던 것 같다. 문학평론가 신형철은 자신의 책 『정확한 사랑의 실험』 서문에서 "나는 프러포즈를 하기 위해 썼다. 그녀를 정확히 사랑하는 일로 남은 생이 살아질 것이다"라고 말하고야 말았던 것이다. 실로 『정확한 사랑의 실험』은 정확히 사랑하는 일에 대한 언설로 가득 차 있다. "어떤 문장도 삶의 진실을 완전히 정확하게 표현할 수 없다면, 어떤 사람도 상대방을 완전히 정확하게 사랑할 수는 없을 것이다. 그러나 정확하게 표현되지 못한 진실은 아파하지 않지만, 정확하게 사랑받지 못하는 사람은 고통을 느낀다."

## 원수에겐 합당한 갚음을

우리는 누군가를 제대로 미워할 수 있나. 온갖 비리를 저지르고도 법망을 빠져나가는 권력자보다 코앞에서 놓쳐버린 모기에 대해 더 분노하는 우리가 누군가를 정확하게 미워할 수 있나. 상대에 대한 오롯한 이해와 공감 속에서, 동시에 자신의 편견을 투사하지 않으면서, 확증편향에 빠지지 않으면서, 잘 모르는 사람에 대해 마치 잘 아는 양 스스로를 기만하지 않으면서, 상대를 정확하게 미워할 수 있나.

넋을 잃고 바라보던 미인이 지하철에서 하차하자, 옆자리의 '쩍벌남'이 다리를 달달 떨면서 말한다. "진짜 예쁘던데. 나한테 눈길 한번 안 주더라. 망할 것." 제정신을 가지고 누군가를 미워한다는 것이 이렇게 어렵다. 충족되지 않은 자존심 때문에, 막연히 키워오던 복수심 때문에, 근거 없이 남을 미워하기를 서슴지 않는다. 갈등에 휘말리기 싫어서, 정작 마땅히 미워해야 할 목전의 상대에 대해서는 목소리를 낮춘다. 미워해야 할 상대를 정확히 미워하지 않고, 잘 모르는 타자에게 막연한 복수심을 발산한 대가는 혹독하다. 미움의 파국은 대개 상대에 대한 부정확한 이해 속에서 자신의 막연한 앙심을 투사했던 미움의 파국이다.

『논어』는 남녀 간의 정확한 사랑 같은 것에는 관심이 없다. 공자는 남녀 간의 사랑이 존재한다고 믿는 것 같지도 않다. 설령 믿었다고 해도, 그걸 논할 만한 일이라고 생각하지도 않는다. 어떤 집요함이 느껴질 정도로 그 주제는 『논어』 텍스트에서 배제되어 있다. 새롭다는 이유 하나로 현재의 애인을 저버리고 다른 여자를 찾아 나서는 남자를 비난하는 시를 넌지시 인용한 적이 있는 정도에 불과하다. 그렇다고 해서 공자가 남녀 간의 육욕에 대해 몰랐던 사람은 아니다. 『논어』에는 색色에 대한 논의가 종종 등장하며, 구체적으로는 남자南子에 관련된 일화가 전한다.

위衛나라 영공靈公의 부인이었던 남자는 음란하다는 평판으로 일세를 풍미했다. 그 평판이 어찌나 지독했던지 위나라 세자 괴외蒯聵가 음란함을 이유로 모친인 남자를 죽이려 했을 정도이다. 공자가 바로 이 남자와 만남을 가진 일이 있었다. 그러자 제자 자로子路는 공자가 남자와 만났다는 사실에 대해 대놓고 불쾌해한다(子見南子, 子路不說). 그러자 공자는 자신의 행동을 격렬히 해명한다. "내가 불미스러운 일을 하였으면, 하늘이 나를 벌할 것이다! 하늘이 나를 벌할 것이다!"(予所否者, 天厭之, 天厭之.) 뭔가 찔린 구석이라도 있었나. 갑자기 하늘까지 들먹여가며 자신은 아무 잘못이 없다고 저토록 강변하다니.

로맨틱한 사랑에 대해 논하기를 꺼린 공자가 더 공개적으로 관심을 두었던 것은 남녀 간의 사랑이라기보다는 도덕적인 호오好惡의 문제, 그중에서도 특히 정확한 미움의 문제였다. 『논어』에 묘사된 공자는 누군가를 미워하고 비판하는 일에 대해 사뭇 당당하다. 실로 『논어』에는 많은 이들에 대한 공개적인 비판이 실려 있다. 『논어』를 관통하는 중요한 주제 중 하나는 어떻게 모든 이를 사랑할 것인가의 문제가 아니라, 무엇을 어떻게 미워할 것인가, 라는 정교한 미움의 문제라고 해도 과언이 아니다.

공자는 바람직한 인간상을 군자君子, 인인仁人, 혹은 인자仁者 같은 용어를 써서 표현했다. 옛날에도 그런 훌륭한 사람은 누군가를 대놓고 미워하지는 않을 것이라는 통념이 팽배했나보다. 제자 자공子貢은 "군자도 미워하는 것이 있습니까?"(君子亦有惡乎)라고 스승에게 묻는다. 이에 대해 공자는 단호하게 대답한다. 당연하지! "미워하는 것이 있지."(有惡.) 누군가 공자에게 "덕으로써 원한을 갚으면, 어떻습니까?"(以德報怨, 何如)라고 묻자, 공자는 되묻는다. "그럼 덕德은 무엇으로 갚으려느냐?"(何以報德.) 공자의 입장은 단호하다. 못된 사람들에게 무조건 잘해주거나 화해를 도모하려 하지 말라. 원수에게는 잘해줄 것이 아니라, 그에 합당한 갚음을 해주어야 한다. 공자의 이상형은 이토록 무골호인無骨好人과 거리가 멀다. 그는 무골호인이 아니라 유골호인有骨好人이다.


## 무골호인과 아첨가는 지옥으로

허나 우리가 사는 세상에는 유골호인은 드물고 무골호인과 포퓰리스트가 넘쳐난다. 가장 흔한 무골호인은 정치인에게서 발견할 수 있다. 선거 때가 되면, "저는 이 지역에 뼈를 묻겠습니다!"라고 외치며 한 표를 호소한다. 그러나 그곳에서 패배하고 나면 또 다른 곳을 찾아 외친다. "저는 다름아닌 요 지역에 뼈를 묻겠습니다!" 그렇게 뼈를 자주 묻고서, 기어이 그는 뼈 없는 순살 정치인이 되고 만다. 어디 정치인뿐이랴. 권력자하고 충돌하지 않으려고 달콤한 말만 늘어놓는 아첨가, 비판을 주고받기 싫어서 좋은 게 좋은 거라고 말하고 다니는 봉합충, 시시비비를 가리지 않고 늘 중립만 강조하는 중립충, 자기편이면 무조건 싸고돌며 덕담만 일삼는 덕담충. 염라대왕은 이들을 위해 가장 잘 타는 지옥불을 지피고, 사약보다 뜨거운 물을 끓이고 있을 것이다.

『논어』에 따르면, 모든 이로부터 사랑받는 것은 결코 바람직하지 않다. 모든 이들이 좋은 사람은 아니기 때문이다. 차라리 좋은 사람들이 좋아하고 나쁜 사람이 미워하는 것이 낫다(不如鄕人之善者好之, 其不善者惡之). 제대로 된 사람은 나쁜 사람을 미워할 뿐 아니라, 나쁜 사람으로부터 미움을 받기 마련이다. 공자는 어설픈 평화주의자가 되기를 원하지 않는다. "저 사람처럼 모나게 살지 마라" 하고 말하지 않는다. "저 사람처럼 모나게 살지 마라"에서 "저 사람"을 맡고 있는 것이 다름 아닌 공자이다. 공자에 따르면, 비타협적으로 살 때라야 비로소 악한 일에 가담하지 않을 수 있다(惡不仁者, 其爲仁矣, 不使不仁者加乎其身).

하지만 단순히 좋아하고 미워하는 것으로는 충분하지 않다. 정확히 좋아하고 미워해야 한다. 아무나 그렇게 할 수 있는 것은 아니다. 공자는 말한다. 오직 인한 사람만이 다른 사람을 좋아할 수 있고, 미워할 수 있다고(惟仁者, 能好人, 能惡人). 공자는 인한 사람은 호오好惡와 무관하거나, 혹은 누군가를 미워하지 않고 좋아만 할 것이라는 통념에 정면으로 도전한다. 인한 사람은 좋아하는 일의 전문가인 만큼이나 미워하는 일의 전문가이다. 공안국孔安國이나 주희 같은 후대『논어』주석가들이 강조했듯이, 누군가를 정확히 좋아하고 미워하려면, 공정성에 대한 명철한 인식과 더불어 높은 수준의 공감 능력이 필요하다.

더 놀라운 것은, 공자는 결코 폭력을 배제하지 않았다는 점이다. 그래서 공자의 사상을 담았다고 이야기되는 텍스트들에서 합당한 정벌은 도덕적으로 늘 정당화되어왔다. 즉 인한 사람은 단순히 평화를 추구하는 사람이 아니다. 필요 이상의 폭력은 행사하지 않지만, 필요하다면 전쟁마저 수행할 수 있는 사람이다. 예수가 "누가 오른뺨을 치거든 왼뺨마저 돌려 대고 또 재판에 걸어 속옷을 가지려고 하거든 겉옷까지도 내주어라. (…) 원수를 사랑하고 너희를 박해하는 사람들을 위하여 기도하여라."(『공동번역 성서』「마태오의 복음서」5:40~5:44)라고 말한 일은 유명하다. 공자가 그 상황에 있었다면 이렇게 말하지 않았을까? "악한 자가 오른뺨을 치거든 그의 왼뺨을 쳐라. 속옷을 가지려 들거든 원수의 속옷을 벗겨버려라. 원수를 미워하고 너희를 부당하게 박해하는 사람들을 정벌하라."

바로 그러한 이유에서 안정복은 『천학문답天學問答』에서 이렇게 말한 적이 있다. "덕으로 원수를 갚고 원한으로 원수를 갚지 말라고 하느님이 사람들에게 가르쳤다는데 (…) 군주나 아버지의 원수를 두고 이런 식으로 가르친다면 정의를 해치는 바가 클 것이다."(天主敎士, 以德報讎, 不以讎報讎 … 若以君父之讎, 而以此爲敎, 則其害義大矣.)

그렇다면 지하철의 쩍벌남에 대해서 공자는 어떻게 했을까? 『논어』에서 딱 한 번 공자가 직접 물리적 폭력을 행사하는 장면이 나온다. 원양原攘이라는 이가 길가에 무식하게 틀어놓은 유행가처럼 다리를 쩍 벌리고 앉아 있자(夷俟), 공자가 그에게 "[사람들에게] 해만 끼치는 놈이로다"(是爲賊)라고 일갈하며, 지팡이로 그의 정강이를 후려쳤다.(以杖叩其脛.) 마치 정확한 미움을 실험하는 것처럼.

자공이 여쭈었다. "지역 사람들이 모두 그를 좋아하면 어떻습니까?" 선생님께서 말씀하셨다. "아직 안 된다." "지역 사람들이 모두 그를 미워하면 어떻습니까?" 선생님께서 말씀하셨다. "아직 안 된다. 지역의 좋은 사람이 그를 좋아하고 지역의 나쁜 사람이 그를 미워하는 것만 못하다."

子貢問曰, 鄕人皆好之, 何如. 子曰, 未可也. 鄕人皆惡之, 何如. 子曰, 未可也, 不如鄕人之善者好之, 其不善者惡之.

『논어』 「자로」 24

# 삶이라는
# 유일무이의 이벤트

## 欲
### 욕

　미국의 어떤 대학 졸업식에서 조선의 후예는 중얼거린다. 이곳이야말로 동방예의지국東方禮儀之國이 아닌가. 초여름에 열리는 졸업식은 한껏 기지개를 편 신록 속으로 사람들을 맞아들인다. 뭔가 짐을 벗은 듯, 화기애애한(誾誾如也) 표정의 학부모들과 학생들. 그리고 홍색과 자색으로(紅紫) 장식한 예복을 입은 교수들. 예식을 치르기 위해 신실한 모습으로(恂恂如也) 도열한 사람들 사이로 졸업생들은 종종걸음으로(足蹜蹜) 행진에 나선다. 졸업장이 수여될 때마다 재학생들은 함성을 지른다. 르네상스 연구에 큰 족적을 남긴 총장이 연단에 올라, 평소에 어눌해 보였던 사람(似不能言者)답지 않게, 지느러미같이 유려한 연설을 시작한다.(便便言) 연설을 마치고 날개를 편 듯(翼如) 위엄 있는 모습으로(與與如也) 연단을 내려오자, 사진을 함께 찍기 위해 몰려드는 사람들. 세속화와 더불어 인간의 필멸성mortality에 한껏 민감해진 르네상스 시대를 연구한 학자답게, 그는 연극적인 어조로 그들에게 말을 건넨다. "그대들은 나를 불멸케 하려는가(immortalize)?"

## 『논어』가 그리는 공자

그렇다. 『논어』 「향당」편에 나오는 공자와 같은 몸짓으로, 오늘의 졸업식을 집전한 늙은 총장의 육체는 머지않아 소멸할 것이다. 그뿐 아니라 그의 모습을 사진에 담고자 주변에 모여들었던 학부모들도, 행사의 진정한 주인공이었던 졸업생들도, 시간의 흐름에 따라 모두 예외 없이 캄캄한 우주 속으로 소멸해갈 것이다.

그러나 그날 함께했던 이들의 카메라에 찍힌 예식 집전자의 공적인 재현representation은 사람들의 컴퓨터 디스크 속에서 반영구적인 생명을 이어갈 것이다. 한껏 예복으로 성장盛裝한 그의 공적 페르소나는 매체를 거듭해가며 불멸할 것이다. 이 운명을 알고 있었기에, 르네상스를 연구하는 학자였던 그 총장은 카메라 셔터를 눌러대던 이들 앞에서 그렇게 말했던 것이다. "그대들은 나를 불멸케 하려는가?"

『논어』「향당」편은 공자가 예식에 참여하는 모습을 마치 사진을 찍는 것처럼 세밀하게 묘사한다. 그와 같은 텍스트를 통해 편집된 공자의 페르소나는 사라지지 않고 오늘날까지 전승되어왔다. 필멸자必滅者로서의 육체를 가진 공자는 손아귀 속의 공기처럼 사라졌다 해도,『공자가어孔子家語』,「공자세가孔子世家」,「중니제자열전仲尼弟子列傳」,『공총자孔叢子』,『공자시론孔子詩論』,「이삼자문二三子問」,「노방대한魯邦大旱」,「유가제언儒家諸言」,『한시외전韓詩外傳』,『춘추사어春秋事語』 등 오늘날까지 공자의 페르소나를 전하는 텍스트는 매우 많으며,『논어』는 그 경쟁하는 많은 텍스트들 중 하나에 불과하다.

어떤 텍스트는 음험한 패배자의 상징으로서 공자를, 또 다른 텍스트는 패권을 구현할 강력한 지도자로서의 공자를, 또 어떤 텍스트는 신적인 존재로서 공자를 그리고 있다. 그중에서 현행『논어』가 하필 특징적으로 전하고 있는 공자의 모습은 어떤 것일까? 유려한 전례의 집행자 말고도,『논어』의 편집자가 기어이 불멸케 하고 싶었던 공자의 모습은 어떤 것일까?

예수의 경우와 비교해보자.「마태오의 복음서」에는 예수가 병자를 고쳐주는 이야기가 열네 번이나 나온다.『공동번역 성서』「마태오의 복음서」8:2~8:3은 이렇게 말한다. "그때에 나병환자 하나가 예수께 와서 절하며 '주님, 주님은 하고자 하시면 저를 깨끗하게 하실 수 있습니다' 하고 간청하였다. 예수께서 그에게 손을 대시며 '그렇게 해주마. 깨끗하게 되어라' 하고 말씀하시자, 대뜸 나병이 깨끗이 나았다." 공교롭게도 『논어』「옹야」10에도 공자가 나병환자를 만나는 이야기가 나온다. 공자 역시 나병에 걸린 환자에게 손을 대기는 댄다. 그러나 "깨끗하게 되어라" 하고 말하는 대신에, 공자는 이렇게 말한다. "이 사람이 이런 병에 걸리다니! 이 사람이 이런 병에 걸리다니!"(斯人也, 而有斯疾也, 斯人也, 而有斯疾也.) 그러고 끝이다. 병을 고치는 기적을 행한 예수의 행적을 상기한다면, 맥 빠지는 일화가 아닐 수 없다. 아픈 이를 고치기는커녕 한탄이나 하고 말다니. 『논어』는 불타는 무능의 기록이다.

전능한 신에 비교한다면야, 공자가 무능해 보이는 것도 당연할지 모른다. 그렇다면 선생으로서 공자의 모습은 어떤가. 공자는 남들이 자신을 알아주느냐 여부에 일희일비하지 말라고 거듭 가르친 바 있다. 이를테면, "남이 나를 알아주지 않는 것을 걱정하지 말고, 내가 남을 알아주지 않는 것을 걱정하라"(不患人之不己知, 患不知人也)라든가 "군자는 무능함을 근심하지, 남이 자기를 알아주지 않는 것을 근심하지 않는다"(君子病無能焉, 不病人之不己知也)와 같은 언명들이 『논어』에 전한다. 그런데『논어』의 편집자는 기어이『논어』텍스트 내에 "나를 알아주는 사람이 아무도 없구나!"(莫我知也夫)라는 공자의 탄식 역시 수록해놓았다. 스스로의 가르침마저 배반하는 사람이라고 공자를 망신 주고 싶었던 것일까.

벌써 10년도 더 전 일이다. 관운이 좋아 높은 관직을 두루 누렸던 어떤 정치인이 노환으로 조용히 별세했다는 기사가 신문에 실렸다. 당시 현직 신문기자였던 선배가 내게 그 별세 과정의 보도되지 않은 진실을 전해주었다. "사실, 그 사람 그날 아침에 화장실에서 똥 누려고 힘주다가 죽었어. 모양새가 빠지니까 그런 건 기사화하지 않은 거지." 그리하여 그 정치인은 관운을 누릴 대로 누리다가 우아하게 선종한 사람으로 기억된다. 그러나『논어』의 편집자는 가차 없다. "나를 알아주는 사람이 아무도 없구나!"라는 공자의 탄식을 기어이 수록해서, 공자를 모순에 찬 인물로 만들어놓고 만다.

이리하여『논어』가 전하는 공자는 생각보다 무능하고 예상보다 모순적인 인물이다. 이는 공자가 우리처럼 보통 인간에 불과했다는 말이다. 질병에 취약하고, 사업에 실패하고, 의외의 부분에서 까탈스럽고, 남들의 험담에 시달리고, 불건전한 생각도 종종 해가면서, 음식물 쓰레기를 버리다가 손에 묻히기도 하면서, 하루하루를 살아갔을 거라는 말이다. 나중에 성인聖人으로 둔갑하게 되는 공자의 나날들도, 그의 살아생전에는 보통 사람들처럼 적당히 방만한 순간들과, 충분히 진실하지 못했던 순간들과, 최선을 다하지 못하여 안타까운 순간들과, 스스로를 용서할 수 없던 순간들로 채워져나갔을 거라는 말이다. 그도 우리처럼 비틀거리면서 인생이라는 시간의 철로를 통과해갔을 거라는 말이다.

## 서투른 열정의 인간

다만 놀라운 것은, 그가 끝내 욕망으로 가득한 삶을 살다 갔다는 점이다. 그는 비록 현실 정치에서 실패한 인간이었으되, 납작하고 안이한 삶을 찬양했던 사람은 끝내 아니었다. "아! 그 식충이들이야 어찌 따질 것이 있겠는가?"(噫, 斗筲之人, 何足算也.) 공자는 차라리 과잉을 찬양한다. "중도를 가는 사람을 얻어 함께할 수 없다면, 반드시 의욕이 넘치는 사람이나 소신을 지키는 사람과 함께하겠노라!"(不得中行而與之, 必也狂狷乎.) 현행 『논어』 텍스트가 전하는 공자는 소소한 일상을 살더라도, 끝내 위대한 것(斯文)의 일부가 되고자 하는 열망을 버리지 않은 사람이었다. "만약 하늘이 이 세련된 표현양식을 없애려 하지 않는다면, 광匡 땅 사람들이 나를 감히 어찌하겠는가?"(天之未喪斯文也, 匡人其如予何.) 그 어떤 감정적 격동이나 미련도 없이 차갑게 목전의 합리적 선택에만 골몰하는 이들에 대해서는 의혹의 눈길을 거두지 않았던 사람이었다. 공자는 거듭 반문한다. 어떤 열정이 동반되지 않는다면 그가 '인한 사람'일 수 있겠느냐?(焉得仁.)

이런 점을 염두에 두고서 공자 평생의 종착점을 읽어 보자. "70세에 마음 가는 대로 해도 도리에 어긋남이 없었다."(七十而從心所欲, 不踰矩.) 멋대로 해도 다 도리에 맞는 경지, 스스로 기준이 되는 경지. 이 찬란한 혹은 오만하게까지 들리는 자기 자랑. 더 얄미운 것은, 그러한 경지를 타고난 자질로 가정하지 않고(非生而知之者), 부단한 인생 역정 속에서 멈추지 않았던 배움의 결과로서 설정하는 태도이다(不如丘之好學也). 오늘의 자신은 늘 어제보다 조금이나마 나은 자신이었으며, 그 결과 멋대로 해도 되는 경지에 마침내 도달했다는 선언.

진정 감탄스러운 것은 나이 일흔에도 여전히 공자는 욕망하는 인간이었다는 점이다. 그는 나이가 들어보니 욕망이 사라진다고 말하거나, 오랜 수양 끝에 욕망을 없애는 데 성공했다고 말하지 않는다. 대신, 자신은 욕망을 해도 도리에 어긋나지 않는 사람이 되었다고, 속도를 줄이지 않고 질주해도 여전히 궤도 위에 있는 기차가 되었다고 선언한다.

공자는 영생하는 신이 아니었기에, 괴력난신怪力亂神으로부터 거리를 둔 사람이었기에, 『논어』가 전하는 이러한 공자의 페르소나는 실로 삶이라는 유일무이의 이벤트에 집착했던 사람이었다고 할 수 있다. 삶이라는 이벤트에서 끝내 욕망이 사그라들지 않았던 사람, 과잉을 찬양했던 사람, 노년에 이르러도 그치지 않는 배움이라는 긴 마라톤에 출전하기를 꺼리지 않았던 사람. 『논어』는 그렇게 분투한 사람에 대한 재현이다. 누가 그랬던가. 아무리 배고프다는 데 국민적 합의가 있어도 누군가 밥을 짓지 않으면 굶주림이라는 난관은 타개되지 않는다고. 인간은 생각보다 게으르다고. 보통 사람들은 사채를 빌리지 않는 한 열심히 살지 않는다고. 공자는 사채 빚 없이도 삶 속에서 분투한 사람이었다.

하지만 공자는 동시에 실패한 사람이었다. 정치라는 현실의 철로를 달리고 싶었으나 달리는 데 실패한 사람이었다. 파블로 네루다는 「질문의 책」이라는 시에서 빗속에 우두커니 서 있는 기차보다 더 슬픈 게 세상에 있을까 물은 적이 있다. 그러나 공자의 제자들이나 『논어』의 편집자는 유려한 예식의 집전자로서의 공자만큼이나 현실에서 실패한 선생의 모습을 사랑했던 것 같다. 결국, 기적과는 인연이 멀었던 사람, 신이 아니라 인간에 불과했던 사람, 결핍을 느꼈기에 과잉을 꿈꾸었던 사람, 안 되는 줄 알면서도 포기하지 않았던 사람(知其不可而爲之者)을 사랑했던 것 같다.

　사실, 사람들은 때로 완벽하게 계산하고 행동하는 합리적 인간보다는 서투른 열정의 인간에게 불가항력적으로 끌리곤 하지 않던가. 누가 그랬던가, 완벽한 복근을 가진 사람보다는 쥘 수 있는 한 줌의 뱃살이 남아 있는 사람에게 더 끌리게 된다고. 수명이 얼마 남지 않은 매미 소리가 시끄럽다고 여기는 사람보다는 매미가 오래 살기를 바라며 흐느끼는 사람에게 매료된다고. 매료된 이들은 텍스트를 남기고, 남겨진 텍스트는 상대를 불멸케 한다.

선생님께서 말씀하셨다. "나를 알아주는 사람이 아무도 없구나!" 자공이 말하였다. "어째서 선생님을 알아주는 사람이 아무도 없겠습니까?" 선생님께서 말씀하셨다. "하늘을 원망하지 않고, 남을 탓하지 않고, 범속한 공부에서 출발하여 고매한 곳에 이르니, 나를 알아줄 이는 아마 하늘이런가!"


子曰, 莫我知也夫. 子貢曰, 何爲其莫知子也. 子曰, 不怨天, 不尤人, 下學而上達. 知我者, 其天乎.

# 해도 안 되는 줄
# 이미 알았던 사람

禮

예


    1987년 1월 대학생 박종철은 치안본부 대공분실로 연행된다. 취조관들은 박종철에게 수배 중인 운동권 선배 박종운의 행방을 캐묻는다. 선배의 행방을 끝내 말하지 않던 박종철은 구타와 물고문으로 인해 비극적인 사망에 이르고 만다. 그러자 당시 정부는 그의 죽음에 대해 이렇게 발표한다. "책상을 탁 치니 억 하고 쓰러졌다." 그 불합리한 해명을 들은 시민들은 분노했고, 민주항쟁이 전국적으로 타올랐으며, 집권 세력은 결국 6·29선언을 통해 대통령 직선제로의 개헌을 약속한다.

    군부독재 타도의 구호 아래 쟁취한 직선제임에도 불구하고, 쿠데타 주역 가운데 한 사람인 노태우가 대통령으로 선출된다. 정권을 잡은 노태우의 민정당은 국회에서의 약세를 만회하기를 갈망했고, 당시 원내 제3당에 머물던 통일민주당 총재인 김영삼(YS)은 이에 부응한다. 그리하여 1990년 1월 이른바 (혹자는 3당 야합이라고 부른) 3당 합당을 통해 거대 여당이 출현한다. 이리하여 한때 민주투사였던 김영삼은 쿠데타 주역이 이끄는 여당의 일부가 되었고, 그 여세를 몰아 1992년 대통령 선거에서 승리한다. 중학교 때 간직했던 대통령의 꿈을 기어이 이룬 '승리자'가 된 것이다.

그 뒤 한때 운동권이었던 386세대 일원들은 차례차례 기득권의 일부가 되어간다. 위장 취업 노동자로 노동운동에 헌신했던 김문수는 "혁명의 시대는 갔다"고 선언하고 보수 정계에 입문한다. 박종철이 죽음에 이르는 고문 속에서도 보호하고자 했던 운동권 선배 박종운 역시 박종철을 고문했던 정권의 후신이라고 할 수 있는 한나라당에 입당하고, 국회의원에 출마한다.

## 불온한 언어 달콤한 밀어

이처럼 폭력과 저항과 변신으로 얼룩진 민주화 과정 덕분에, 시민들은 전에 누리지 못한 사상의 자유를 누리게 된

다. 동구권 사회주의 국가들의 쇠락 소식과 함께 그전까지만
해도 음성적으로 유통되었던 '불온서적'들이 공개적으로 출
판된다. 마르크스주의자라는 이유로 1987년까지 금서였던
베르톨트 브레히트의 시집도 1989년 김남주에 의해 번역되
어 출간된다. 억압 속에서 몰래 돌려 읽어야만 했던 브레히트
의 작품도 정작 민주화가 되고 나니 인기가 전과 같지 않다.
이제 소위 민주화의 주역들이 기득권이 되어 이 나라의 많은
자원을 향유하게 된 21세기, 새삼 한국 정치사를 추억하며
브레히트의 시 「아침저녁으로 읽기 위하여」를 읽어본다.

> 내가 사랑하는 사람이
> 나에게 말했다.
> "당신이 필요해요"
>
> 그래서
> 나는 정신을 차리고
> 길을 걷는다
> 빗방울까지도 두려워하면서
> 그것에 맞아 살해되어서는 안 되겠기에.

민주화가 끝나고 다시 읽는 브레히트의 시는 불온한 언

어라기보다는 그저 달콤한 사랑의 밀어로만 들린다. 사랑 때문에 누군가에게 꼭 필요한 존재가 되어버리고만 브레히트. 그는 이제 혁명을 위하여 고문을 감수하기는커녕, 연인을 위하여 솜털 하나 다치지 않고 멀쩡히 존재해야 하는 사람이 되었다. 물고문이 아니라 떨어지는 빗방울에도 몸을 사리는 극도로 섬세한 사람이 되었다.

빗방울을 요리조리 피해 다니다가 그만 빗방울에 맞아 신음하고 있는 브레히트에게, 386세대의 고교 윤리 선생이 다가온다. 최지룡의 만화 『여로』에 나오는 작업반장이 외국인 노동자 핫산을 구타하듯이, 그는 브레히트의 머리를 사정없이 후려갈긴다. "똑바로 서라, 핫산, 아니 브레히트! 어째서 빗방울이 머리에 튀었다고 신음하고 있나!" 갑자기 빗방울보다 윤리 선생의 매질을 더 두려워하게 된 브레히트는 떨리는 목소리로 대답한다. "오버하지 않으려고 했는데, 사랑하는 사람이… 제가 필요하다고 해서… 조심하다보니… 아니, 시를 쓰려다보니… 아, 망할, 잘못했어요."

빗방울을 맞아 사랑하는 데 지장이 생긴 브레히트의 머리를 윤리 선생이 가격하며 소리 지른다. "너희 시인들은 항상 밑도 끝도 없이 예민하다! 여긴 한국이야! 너희들처럼 예민해서는 잘 살 수 없다는 것을 모르겠나?" 구타가 끝나자, 브레히트는 외국인 노동자 핫산처럼 중얼거린다. "이것이 한국에서 유행한다는 사랑의 매인가. 왜 한국 선생들은 자신들이 누구보다 매를 더 사랑한다는 본심을 숨기지 않는 것일까."

1980년대 어느 고등학교의 윤리 교실. 그날 수업의 주제는 '유교 사상의 연원과 전개'와 '동양과 한국 사상의 현대적 의의'. 공자의 사상과 그것이 한국 사상에 미친 영향을 설명하려는 찰나, 엎드려 자고 있던 학생이 선생의 시야에 들어온다. 책상에 얼굴을 묻고 자고 있던 학생에게 살금살금 접근하는 데 성공한 우리의 윤리 선생. 그는 책상을 탁 치는 대신, 엎드린 학생의 뒤통수를 사정없이 후려갈기고, 학생은 억 하고 깨어난다.

선잠에서 깨어나 어리둥절한 학생에게 선생은 속사포처럼 가르침을 퍼붓는다. "똑바로 앉아라! 졸린다고 해서 어째서 수업 시간에 엎드려 자고 있나! 너희 학생들은 항상 게으르다! 여긴 한국이야! 너희들처럼 게을러서는 원하는 대학에 갈 수 없다는 것을 모르겠나?" 자신의 게으름 때문에 고시라도 떨어진 적이 있는 것일까. 그의 고함에는 울분 같은 것이 느껴진다. 그러나 뒤통수를 맞고 갑자기 깨어난 학생은, 그저 어안이 벙벙할 뿐, 자신이 지금 교실에 있는지 대공분실에 있는지 알 수 없다는 표정이다.

# 실패한 운동권, 공자

공자는 자고 있는 학생을 패지 않는다. 공자는 심지어 자고 있는 새마저 쏘지 않는다(弋不射宿). 그런 짓은 예禮에 어긋나는 일이므로. 목적이 모든 수단을 정당화한다고 생각했다면, 혹은 새를 그저 많이 잡는 것이 야심이었다면, 깨어 있는 새는 물론, 자고 있는 새, "일찍 일어나는 새가 벌레를 잡는다"는 격언을 믿고 오늘따라 일찍 일어난 새, 그리고 불치병에 걸려 죽어가는 새까지 활을 쏘아서 잡았을 것이다. 그러나 군자는 부질없는 경쟁에 임하지 않는다(君子無所爭). 꼭 경쟁하는 바가 있다면 그것은 활쏘기 정도이다(必也射乎).

『논어』의 이 구절에 대한 오규 소라이의 해석에 따르면, 활쏘기란 누가 과녁을 잘 맞혔느냐, 혹은 누가 많이 쏘아 잡았느냐의 경쟁이 아니라, 누가 활 쏘는 과정에서 예를 더 잘 구현했는가의 경쟁일 뿐이다(貴禮不貴財, 不欲必獲). 과녁의 명중 여부가 아니라, 누구의 용모와 동작이 더 우아했는가가 중요하다. 그런 경쟁이라야 군자답다고 할 수 있다(其爭也君子).

그래서 공자는 오직 깨어 있는 새만 쏜다. 깨어 있는 새라야 화살을 피해 쩍쩍거리며 날아갈 수 있다. 비록 새를 잡지는 못했지만, 그 광경을 본 사람들은 활쏘기 과정에 구현된 예를 배울 수 있다. 그러나 1980년대의 그 학생은 자고 있었기에, 날

아오는 '사랑의 매'를 피할 수도 없고, 쩍쩍거릴 수도 없고, 자다가 맞았기에 왜 맞았는지 알 수도 없고, 그 광경을 본 다른 학생들은 그 체벌 혹은 구타 과정에서 예를 배울 수도 없다.

예를 지키는 일은 전장戰場에서도 마찬가지이다. 공자의 길을 따르고자 했던 맹자는 전장에서도 예를 지켰던 유공지사庾公之斯의 일화를 전한다. 자신이 쫓던 적장 자탁유자子濯孺子가 병이 나서 활을 잡을 수 없는 상태가 되자, 유공지사는 활쏘기를 배운 선생의 도를 거론하며, 활을 뽑아 수레바퀴에 두들겨 금속촉을 빼고 네 발을 쏜 뒤에 돌아갔다(抽矢輪, 去其金, 發乘矢而後反).

공자와 그의 제자들 역시 그 시대 거리에 나선 운동권들이었다. 화염병 대신, 금속촉을 뺀 예라는 이름의 화살을 들고서 당대의 정치에 반기를 든 이들이었다. 그들 역시 부패한 시대를 개탄하며 새로운 시대의 도래를 꿈꾸었으나, 386세대와는 달리 공자와 그의 제자들은 집권에 실패한다.


## 진정한 공자의 계승자는

『사기史記』에 따르면, 그들의 실패는 어쩌면 사람들의 시기심 때문이었을 것이다. "공자가 통치하면 반드시 패업을 이룰 것이다"(孔子爲政必霸)라고 경쟁자들이 두려워했기 때문이다. 마키아벨리는 『로마사 논고*The Discourses*』에서 "사람들의 이기심은 능력자가 중요한 일에 필수적인 권한을 갖는 것을 용납하지 않는다"고 말한 바 있다.

공자가 정치적인 권력을 쥐었다고 한들 성공했을 것 같지는 않다. 그가 살던 시대는 만성적인 전쟁의 시대. 전국시대에 이르면 진秦나라 통일 전까지 적어도 590회의 전쟁이 일어났다는데, 공자가 그때까지 살았던들 그 추세를 되돌릴 수 있었을까. 그와 같은 전쟁의 시대에 금속촉을 기꺼이 빼고 활을 쏘는 것 같은 비전은 시대가 원하던 부국강병책에 맞지 않을 운명이었을 것임에 틀림없다. 그러나 공자나 그의 제자들은 해도 안 되는 줄 이미 아는 사람들이었다(知其不可而爲之者). 따라서 그들은 무력에 의존하여 천하통일을 추구하기보다는, 지속적으로 실패하기를 선택한다. 작가 사뮈엘 베케트가 말했듯이, 그들은 승리하기보다는 다시 더 낫게 실패하기를 선택한다. 새를 맞히지 못할지언정 자는 새를 쏘지 않는 이의 위엄, 자청해서 실패를 선택하는 이의 위엄, 기어이 성취를 포기하는 데서 오는 위엄이 그들에게는 있다.

널리 알려져 있듯이, 천하의 통일은 예를 통한 통치보다는 전쟁 기계로서 국가의 강화를 추구한 이들에 의해 달성되었다. 진시황제의 독재정치가 가속화되면서 공자와 그 제자들이 좋아했을 법한 운동권 서적들은 금서로 지정된다. 그와 같은 이데올로기 통제에도 불구하고, 통일왕조 진나라는 놀라울 정도로 빨리 무너진다. 진나라가 단명하자, 지식인들은 왜 그토록 강했던 진나라가 그토록 빨리 망하고 말았는지 원인을 찾고자 골몰한다. 진나라의 실패 이후, 한당漢唐 시대 지식인들과 정치인들이 대안적 이데올로기를 찾는 과정에서 『논어』는 정부에 의해 지원해야 할 텍스트로 마침내 채택된다. 그 뒤에도 정부의 간헐적인 애정의 대상이 되다가, 진시황에 버금가게 독재권력을 휘둘렀던 명나라 초기 황제들에 의해 『논어』는 과거시험이라는 공무원 고시의 필수과목으로 완전히 정착한다. 한때 운동권 서적이었던 책이 본격적인 고시 수험서가 된 것이다. 실패자의 텍스트가 기득권의 텍스트가 된 것이다.

이 와중에도 끝내 국가 관료제의 외부에 남기를 선택하는 이들이 있다. 많은 386세대 운동권이 집권 세력의 일부가 되었지만, 소수 운동가들은 여전히 집권 세력의 일부가 되기를 거부하고 어딘가에서 자기 나름대로 운동을 지속하고 있는 것처럼, 그들 역시 자신들이야말로 진정한 공자의 계승자라고 자임하면서 국가 권력 밖에서 활동하기를 선택한다. 그리고 그들의 그러한 생각은 다름 아닌 과거시험에 낙방한 이들로부터 환영을 받게 된다.

# 우유부단함은
# 중용이 아니다

## 權
권

르네상스 시기 페루자의 참주였던 잔 파올로 발리오니
(1470~1520)는 무자비한 사람이었다. 실로 발리오니는 친누이
를 범한 적이 있을 뿐 아니라, 권력을 위해서는 사촌과 조카
들마저 살해하기를 마다하지 않은 냉혈한이었다. 그런데 정
작 교황을 공격해서 자신의 명예를 제대로 떨칠 만한 순간
이 왔는데도 그는 망설이고 만다. 교황과 대적해서 승리한다
면 교황이 누렸던 영예를 자신이 누릴지도 모르는 일인데,
적어도 사치스러운 추기경들이 가지고 있던 금은보화라도
빼앗을 수 있을 텐데, 발리오니는 주저하고, 사람들은 의아
해한다. 이것이 극단적인 행동을 삼가는 중용의 자세일까?
혹은 차마 심한 짓을 하지 못하는 양심의 발로일까?

# 뛰어난 소수만이 찬란한 악행을 행할 수 있다

발리오니와 동시대를 살았던 정치사상가 마키아벨리는 말한다. 발리오니의 행태는 뛰어난 덕성과는 거리가 멀고, 그저 우유부단함의 결과에 불과하다고. 마키아벨리가 보기에 인간 대다수는 대단한 선행뿐 아니라 대단한 악행도 행할 능력이 없다. 강해 보이는 사람 앞에서는 얌전하게 굴면서, 약해 보이는 상대가 나타나면 지분거리며 하루하루를 소일할 뿐이다. '찬란한' 악행을 행할 능력이 없다는 점에서, 발리오니 역시 보통 인간에 불과했던 것이다. 마키아벨리가 보기에 오직 뛰어난 소수만이 찬탄을 자아낼 만한 악행을 행할 수 있다. 정치공동체를 창설하기 위해 폭력을 서슴지 않고, 공동체를 유지하기 위해 고귀한 거짓말noble lie을 서슴지 않았던 건국자들이 그 드문 소수들이다. 그들은 악행에도 불구하고 경배받는다.

나 역시 그처럼 찬란한 악당의 예를 알고 있다. 그곳은 하나의 신전과도 같은 식당이다. 뭔가 스스로를 용서할 수 없는 기분에 휩싸일 때면 나 자신을 단죄하기 위해서 그곳에 밥을 먹으러 간다. 그곳의 음식은 정말 맛이 없고 비싸다. 그곳의 음식을 먹고 나면 먹기 전에 비해 확연히 기분이 나빠진다. 이것은 주관적인 판단이 아니다. 그곳을 드나드는 손님들 모두가 그곳 음식이 맛이 없다고 생각한다. 그래도 그 식당은 망하지 않는다. 모기업으로부터 식자재를 싸게 공급받는 데다가, 위치가 절묘하고 근처에 다른 식당이 없으며, 일부 맛없는 음식 추종자들 덕택에 맛없는 음식을 팔면서도 현상 유지에 성공한다.

고장 난 시계도 하루에 두 번은 맞는다던가. 실수로라도 일 년에 한두 번쯤은 음식을 맛있게 만들 수도 있을 것 같은데, 언제나 한결같이 맛이 없다. 총장이 오든 학생이 오든 예외 없이 정교하게 맛없는 음식을 제공한다. 이러한 일관성에는 어떤 의도, 어떤 집요한 노력, 혹은 어떤 신학이 있다고 믿는다. 그렇지 않고서야 이토록 엄격하게 맛이 없을 수가 없다. 여기에는 고통의 체험을 통해 죄 많은 손님들을 정화하려는 신학적인 의도가 있는 게 아닐까. 그리하여 나는 속죄할 일이라도 생기면 이 식당으로 일부러 찾아와서 가장 맛이 없는 밥을 먹고 스스로를 정화하곤 한다. 이곳은 '성소聖所'이다.

발리오니의 우유부단함보다는 이 성스러운 식당의 행태가 훨씬 더 중용에 가깝다. 1년 365일 한결같이 비싸고 맛없는 음식을 제공해서 손님들의 기분을 변함없이 망쳐놓는 행위는 범용한 사람이 할 수 있는 게 아니다. 이 식당은 어떤 비결이 있기에 일개 식당을 성소로 만들 수 있는 것일까?

'맛없는 음식을 만들고야 말겠어!'라는 의도만 가지고는 부족하다. 의도가 원하는 결과를 맺는 경우는 생각보다 많지 않다.

그렇다면 비결은 습관일까? 음식을 함부로 만드는 습관만 가지고는 그 정도로 완벽에 가까운, 순결한 느낌마저 드는, 맛없음을 구현할 수 없다. 자칫 그날의 식재료 상태가 평소보다 괜찮아서, 음식이 평소보다 조금 더 맛있어질 수도 있기 때문이다.

그렇다면 역시 매뉴얼이 관건일까? 공들여 '음식 맛없게 만들기' 매뉴얼을 만들고 충실히 따른다고 해서 늘 정교한 맛없음을 유지할 수 있는 것은 아니다. 새로 온 주방장이 그저 매뉴얼대로만 따라 하다가 자칫 '손맛'이 배어 맛있어져버릴 수도 있기 때문이다. 게다가 맛이 있고 없고는 손님들의 체험에 좌우되는 법. 한결같이 엄정한 맛없음을 구현하려면 늘 변화하는 손님들의 공복 상태를 신축적으로 고려해야만 한다. 하필 그날따라 손님들이 유난히 배가 고픈 나머지 음식이 맛있다고 느껴버리면 어떡하란 말인가. 역동적인 공복감에 신축적으로 대처하기 위해서는 오랜 수양으로 갈고닦은 각별한 덕성이 필요하다.

# 중용의 역동성, '권'과 '시중'

『논어』에서는 바로 그러한 덕성을 중용中庸이라고 불렀다. 중용은 종종 오해를 부르는 상당히 어려운 개념이기에 번역조차 다양하다. 'The mean'(평균성)이라는 영어 번역은 '중용'을 이음절어로 본 결과이다. 'Centrality and commonality'(중심성과 평범성)라는 영어 번역은 중용을 '중中'과 '용庸'이라는 개별 단어가 병렬해(and) 있다고 본 결과이다. 'Focusing on the familiar'(일상적인 것에 집중하기)라는 영어 번역은 중용을 '중'이라는 동사와 '용'이라는 목적어가 결합했다고 본 결과이다.

중용의 정확한 번역이 무엇이든, 그것은 단순히 산술적 중간을 의미하거나 극단적 행동을 회피하는 태도를 말하는 것은 아니다. 일견 과한 행동처럼 보여도, 그것이 상황에 적절하기만 하다면 그것이야말로 중용일 수 있다. 중용이란 예상하기 어려운 역동적인 상황 속에서도 적절성을 찾아내는, 그러기 위해서 기존 규범이나 예상으로부터 적절히 이탈할 수 있는 차원을 포함한다. 중용의 역동성을 강조할 때는, 임기응변의 능력을 지칭하는 권權이나 때에 따른 융통성을 강조한 시중時中이라는 용어를 사용하기도 한다. '음식 맛없게 만들기' 매뉴얼을 따라 한다고 해서 자동적으로 높은 수준의 맛없음을 구현하기 어렵듯이, 예禮의 매뉴얼을 따라 기계적으로 행동한다고 해서 이상 사회가 자동으로 구현되는 것은 아니다. 변화하는 세상 속에서는 변치 않는 규범에 대한 고집보다는 임기응변이나 융통성이 필요할 때가 있다.

그렇다고 해서 예를 무시하는 게 능사라는 말은 아니다. "더불어 배울 수 있다고 해서 더불어 도道에 나아갈 수는 없고, 더불어 도에 나아갈 수 있다고 해서 더불어 확고히 설 수 없고, 더불어 확고히 설 수 있다고 해서 더불어 융통성 있게 대응할 수는 없다."(可與共學, 未可與適道, 可與適道, 未可與立, 可與立, 未可與權.) 공자의 이 언명에서 분명히 알 수 있는 것은, 임기응변(權)이란, 규범에 맞추어 자신을 제대로 세울 수 있는(立) 경지를 완수한 사람에게나 가능한, 최후의 경지라는 사실이다. 원칙을 무시하는 이들이 중용이나 '권'을 핑계 삼아 제멋대로 굴까 우려해서였을까, 공자는 중용을 구현할 수 있는 사람은 드물다고 못박는다(其至矣乎. 民鮮久矣). 규범을 뛰어넘으려면 규범을 일단 숙지해야 하고, 장르를 비틀려면 일단 장르의 규칙을 알아야 하고, 장애물 경주에서 우승하려면 장애물을 우회하지 말고 뛰어넘어야 한다. 그것은 오랜 숙련을 거친 소수의 사람에게나 가능하다.

규범의 기계적 이행이 아니라, 변화하는 현실 속에서 규범을 적절히 적용하고, 때로 이탈하기도 하는 행위는, 마치 다양한 변주를 가능케 하는 음악과도 닮았다. 『주례周禮』는 중용이 음악의 덕임을 암시한 바 있고(以樂德敎國子, 中和祗庸孝友), 『논어』는 음악이야말로 예에 맞추어 행동할 수 있는 경지 이후에 오는 최고의 경지라고 천명한 바 있다(興於詩, 立於禮, 成於樂). 공자에게 음악은 그저 소리와 악기 이상의 것. 최고의 사람이 구현해낼 수 있는 경지의 대명사이다. "음악, 음악 운운하는데, 종과 북을 말하는 것이겠는가!"(樂云樂云, 鍾鼓云乎哉.) 급진적이었음에도 불구하고 결국에 가서는 음악처럼 조화를 이루는 각종 조처를 통해, 공동체는 위기로부터 구원되고 리더는 위대해질 기회를 얻는다.


## 유럽 사상사 속에서도 발견


공자만 역동적인 현실 속에서 융통성을 발휘하는 리더십을 강조한 것은 아니다. 사상사가 이사야 벌린이 지적하듯이, 그러한 생각은 유럽의 사상사에서도 드물지 않게 발견된다. 아리스토텔레스, 키케로, 피에르 도베르뉴, 제임스 해링턴, 데이비드 흄 등 적지 않은 사상가들이 엄중한 상황은 예외적인 조처를 요구한다는 것을 의식하고 있었고, 예외적인 조처를 성공적으로 해낼 수 있는 덕성에 대해 논한 바 있다.

그렇다고 해서 일견 유사한 이 생각들이 모두 같은 역사적 함의를 갖는 것은 아니다. 이사야 벌린은 철학적 일원론이 초래할 정치적 파국을 경계하기 위해서 융통성 있는 정치적 판단political judgment을 강조했다. 마키아벨리는 복잡하고 역동적인 세계 속에서 이상적인 공화국을 재건하기 위해서 역동적인 현실감각을 강조했다. 반면 공자는, 예가 급격히 변화하고 있음에도 불구하고 예에 기반한 이상적 사회를 구상하다보니, 예의 융통성을 강조하게 된 경우이다. 예가 빠르게 변화하는 와중에서도 예의 준수를 강조하려면 융통성이나 임기응변의 능력을 동시에 요청할 수밖에 없다.

근년의 고고학적 성과에 따르면, 주周나라는 기원전 11세기에 새로운 나라로 성립했으나 사회적 관습, 규범, 예라는 점에서는 그전 시대와 큰 차이가 없었다. 기원전 850년경에 이르러서야 종족 조직 내의 변화와 인구 변동으로 인해 기존의 관습, 규범, 예가 비로소 변화하기 시작하였다. 공자는 그때 시작된 예의 변화가 아직 끝나지 않은 혼란기에 살았던 인물이다. 공자의 중용, 시중, 혹은 권 사상은 그러한 시대적 변화 속에서 종래의 예를 그대로 묵수하기보다는 변화에 그 나름대로 적응할 필요를 인정한 전향적 태도의 일부였다.

선생님께서 말씀하셨다. "중도를 가는 사람을 얻어 함께할 수 없다면, 반드시 의욕이 넘치는 사람이나 소신을 지키는 자와 함께하겠노라! 의욕이 넘치는 사람은 진취적이고, 소신을 지키는 사람은 하지 않는 바가 있다."

子曰, 不得中行而與之, 必也狂狷乎. 狂者進取, 狷者有所不爲也.

『논어』「자로」 21

# 실연의 기술

習

습

학생들의 요청으로, 주제넘게 연애 관련 발언까지 하게 되었습니다. 평생 연애에 미숙했던 사람이라 길게 드릴 말씀은 없고, 두 가지만 언급하고 싶습니다. 사람은 배가 고프면 만사에 의욕이 없어지거나 사나워지는 경향이 있으니, 데이트 중간에 디저트 먹는 일을 소홀히 하지 말기 바랍니다. 그리고 데이트 장소를 정할 때 화장실 동선을 섬세히 고려하기 바랍니다. 실외로 나가서 철문을 열어야 하는 화장실 동선은 적절하지 않은 것 같습니다. 찬바람을 쐬면, 달아올랐던 기분이 확 식지 않겠습니까.

연애에 미숙했던 사람으로서 할 말이 많은 분야는 데이트 기술이라기보다는 실연의 기술입니다. 어느 날 갑자기, 첫

사랑이 이별을 통고하겠죠? 안 그럴 가능성보다는 그럴 가능성이 높겠죠? 갑작스러운 이별 통고를 받으면, 일단 그 통고가 정말 갑작스러운 것인지 자문해봐야 합니다. 통고를 받는 입장에서야 청천벽력 같을지 몰라도, 이별을 통고하는 사람은 오랫동안 고민한 결과일 가능성이 높죠. 당신은 계속되는 경고 신호를 무심코 흘려보냈는지도 모릅니다. 언젠가 여자친구가 "우리 만날 때 이렇게 기운이 빠지고 그러면 안 되는데…"라고 작게 탄식한 적이 있었나요? 그때 혹시 "기운을 내!"라고 하이파이브 한 번으로 때우지 않았나요? 청천벽력 같은 하이파이브에, 여자친구는 이미 '아, 이놈은 발전이 없구나'라고 마음을 접었을 수도 있습니다.

## 위선을 떨다보면 진심이 생겨날까

기왕에 이별 통고를 받았다면, 떠나가지 말라고 애원하지 않는 편이 재결합의 가능성을 높인다고 저는 생각합니다. 당신이 '찌질하게' 보여서 헤어지자고 하는데, 거기에다 대고 처량하게 매달리면 얼마나 '더 찌질해' 보이겠습니까? 당신이 둔감하다고 여겨서 고민 끝에 헤어지자고 하는데, 그 고민을 헤아리지 못하고 매달리면, 얼마나 더 둔감해

보이겠습니까? 매달리지 마십시오. 헤어지자는 말이 떨어지기 무섭게, "그래, 헤어져"라고 대답하고 두말도 하지 말고 돌아서 나오십시오. 그리고 절대 먼저 연락하지 마십시오. 어디 동굴 같은 데 들어가 마늘즙과 쑥즙을 먹으며 버티다 보면, 헤어지자던 여자친구가 다시 연락해올지 모릅니다.

하지만 자기 속마음을 드러내지 않고 냉큼 돌아 나오기가 어디 쉬운가요? 눈물, 콧물, 타액, 식은땀 등 얼굴의 각 구멍에서 액체란 액체는 다 흘러나올 지경일 겁니다. 이별 통고를 받자마자, 제발 돌아와달라고 간청하고 싶을 겁니다. 바로 이때! 위선이 필요합니다. 안 그런 척하는 겁니다. 태연한 듯 "그래, 헤어져"라고 또박또박 말하고, 미사를 마치고 떠나는 신부처럼 의연히 돌아 나오는 겁니다.

어떻게 하면 이러한 위대한 위선을 해낼 수 있을까요? 반복 훈련이 필요합니다. "이제 우리 그만 헤어져"라는 말을 녹음한 뒤, 매일 아침 들으며 "그래, 헤어져"라고 반응하는 연습을 반복하는 겁니다. 마치 종소리만 들으면 침을 흘리는 파블로프의 개처럼 될 때까지 반복합니다. 그리하여 이별 예식에 숙달되면, 헤어지자는 말만 들어도, 자동적으로 입에서는 "그래, 헤어져"라는 말이 튀어나오고, 몸은 문을 열고 밖으로 나가게 될 겁니다. 누가 악수하자고 손을 내밀면 자동으로 손을 맞잡게 되는 것처럼. "우리 이만 헤어져."

"그래, 헤어져." 이어지는 문 닫는 소리, 쾅. 이러한 이별의 예식은 재결합의 가능성을 높입니다. 전혀 예상치 못한 반응에 여자친구는 의아해하게 됩니다. 아, 내 상황 파악이 틀렸던 게 아닐까, 이 친구에게 내가 모르는 면이 있었구나 등등.

코미디언 그라우초 마크스는 말한 적이 있죠. 나를 받아주는 클럽 따위에는 가입하고 싶지 않다고. 늘 자기를 받아주던 남자라서 소중한 줄 몰랐고, 그래서 선뜻 헤어지자고 말했으나, 막상 자기에게 매달리지 않는 모습을 보니, 헤어지고 싶지 않은 마음이 스멀스멀 드는 겁니다. 그러다 뾰족한 대안이 생기지 않으면, 다시 연락이 올지도 모르는 거죠. 끝내 연락이 안 오면 어떡하냐고요? 그거야 제 알 바 아니죠. 적어도 안전 이별은 이루어진 것 아닌가요?

## 인이 먼저냐 예가 먼저냐

"그래, 헤어져"라는 말이 절로 나올 정도로 이별의 예식에 숙달되었을 때, 그 사람의 마음은 과연 어떤 상태일까요? 파블로프의 개처럼 아무 생각이 없을까요? 아니면, 숙달된 예식에 상응하는 어떤 자아 혹은 내면이 형성되었을까요? 이 사안은 『논어』에서 말하는 인仁과 예禮의 관계에 대한 문제와 닮았습니다. 합당한 내면(仁)이 없이, 외적인 행동인 예를 반복하는 것이 바람직한가, 예를 반복하다보면 없던 내면도 생겨나는가, 바람직한 내면을 갖추고 있으면, 결국 그것이 예로 드러나게 되는가와 같은 문제들. 어떤 학자들은 인이 있어야 예의 진정한 실천이 가능하다고 주장합니다. 이때 예는 내면의 표현에 가깝겠죠. 아닌 게 아니라, 『논어』에는 사람이 인하지 않으면 예의 실천이 무슨 의미가 있냐고 묻는 대목이 나옵니다(人而不仁, 如禮何). 이런 입장에 서면 내면의 인이 동반되지 않은 채로 겉으로만 하는 예는 위선과 다름없어 보일 겁니다.

그런데 위선이 나쁘기만 한 걸까요? 사람들이 무턱대고 '위선의 빤스'를 내려버리면 우리는 보고 싶지 않은 것을 보게 될지도 모릅니다. 그 안에 아름다운 내면 풍경이 아니라 쓰레기 매립지가 있다면 어떡하란 말입니까. 누가 위선의 장막 아래 덮어둔 쓰레기를 구태여 들여다보고 싶겠습니까. 들여다보고 싶다고요? 너 나 할 것 없이 다 같이 쓰레기라는 사실을 확인이라도 하고 싶은 건가요? 미국의 소설가 커트 보니것은 위선을 떠는 모습 말고 별도의 자아란 없으니, 위선 떠는 데 유의해야 한다는 취지의 말을 한 적이 있죠.

그렇다면 위선의 빤스를 입은 사회는 하의 실종의 야만 상태보다는 나을 겁니다. 누가 아뇨? 위선을 계속 떨다보면, 예식을 지속적으로 수행하다보면, 어떤 내면이 생겨날지도 모릅니다. 『논어』에는 그런 입장을 뒷받침하는 듯한 문장이 있습니다. 본성이 "거기서 거기"(相近)라고 해도 후천적인 반복 훈련(習)에 따라 사람은 크게 달라질 수 있다(相遠)는 취지의 언명이 있죠(性相近也, 習相遠也). 주검을 대충 파묻지 않고, 예식에 맞추어 유골을 하나하나 추리고, 형태대로 가지런히 놓고, 칠성판 위에 삼베로 묶은 유골을 놓은 뒤, 적절한 장송곡에 맞추어 천천히 관에 넣는 행위를 반복하다보면, 원래는 없던 엄숙한 마음이 생겨날지도 모릅니다.

즉 예를 꾸준히 지키다보면, 단순히 예라는 행동을 반복하는 단계를 넘어서, 예를 지키는 '사람'이 되어버릴지도 모르죠. 마치 아름다운 그림을 보다보면, 단순히 아름다운 그림을 보는 단계를 넘어서, 아름다운 그림을 보는 '사람'이 되어버리는 것처럼.

겉으로 드러난 행동만으로는 그에 상응하는 내면이 생기지 않는다는 주장도 있습니다. 우디 앨런의 영화 〈젤리그 Zelig〉의 주인공은 주변 사람들에게 동화되고 싶은 나머지, 그 사회에서 요구하는 행동 패턴을 그대로 따라 하지요. 정도가 심한 나머지, 유대인 랍비들 사회에서는 아예 랍비가 되어버리고, 흑인들 사회에서는 아예 흑인이 되어버릴 정도죠. 자아 따위는 없는 양, 주변 환경에 동화되려고만 들죠.

그런 행동을 한다고 해서 젤리그의 마음속에서 그에 상응하는 내면이 자라날까요? 영화 속에서 젤리그는 끝내 노이로제에 걸리고 맙니다. 즉 영화〈젤리그〉는 소외되기 싫다고 해서 사회에서 요청되는 행위를 위선적으로 반복하다보면, 노이로제에 걸리게 된다고 경고하는 것 같습니다. 따돌림당하지 않기 위해서 사회가 요구하는 예절에 순응하기만 한다고 만사형통은 아니라는 거죠.

## 행동과 구별되는 내면이 존재할까

『논어』의 세계 속에서는 내면(仁)과 외면(禮)이 구분되지 않는다는 주장도 있습니다. 실로 중궁仲弓이 인仁에 대해서 묻자 공자는 이렇게 대답했죠. "문을 나가서는 큰 손님을 뵌 듯이 하고, 피치자를 부릴 때는 큰 제사를 받들 듯이 하고, 자신이 원하지 않는 것은 남에게 하지 않는다. 그러면 제후국에 [벼슬하고] 있어도 원망이 없을 것이다."(出門如見大賓, 使民如承大祭. 己所不欲, 勿施於人. 在邦無怨, 在家無怨.) 즉, 인에 대해 말하면서 내면의 상태를 이야기하기보다는 외적인 처신만 이야기하고 있죠.

만약 인이 결국 외적인 처신에 불과하다면, 우리는 상대의 내면 같은 것에는 결코 다가갈 수 없는 것이겠죠. 우리가 내면의 진심이라고 생각하는 것들은 사실 겉으로 드러난 행동에 불과할지도 모릅니다. 사람들은 컴퓨터 자판으로 쳐서 출력한 반성문보다 자필로 쓴 반성문에 더 진심이 담겼다고 믿는 경향이 있죠. 그러나 타이핑을 했건, 자필로 썼건, 다 겉으로 드러난 행동에 불과할 뿐 당사자의 내면을 알 길은 사실 없죠.

하지만 외적 행동 규범으로만 환원되지 않는 자아 혹은 내면의 세계가 존재한다는 증거는『논어』텍스트에 많습니다. "삼베 모자를 쓰는 것이 예이다. 그런데 지금은 실로 짠 것을 쓴다. 그것은 검소한 것이니 나는 다수의 사람들을 따르겠다. 당 아래서 절하는 것이 예이다. 그런데 지금은 당 위에서 절한다. 그것은 교만한 것이니, 비록 다수 사람과 다르더라도 나는 당 아래서 [절하는 것을] 따르겠다."(麻冕, 禮也. 今也純, 儉, 吾從衆. 拜下, 禮也. 今拜乎上, 泰也. 雖遠衆, 吾從下.)

예를 따르는 일에 관련하여 기존의 전통, 다수의 의견, 그리고 개인의 판단이라는 세 가지 잣대를 제시한 뒤에, 결국 공자는 개인의 판단이 얼마나 중요한지를 강조하고 있죠. 과거에 어떻게 해왔든, 다수가 어떻게 생각하든, 합당한 근거가 있다면 자기 길을 가고 말겠다는 자아(吾)의 목소리가 거기에 있습니다. 우리는 외적인 행동 규범에 수동적으로 따르는 존재에 불과한 것이 아니라, 필요하다면 행동 규범 자체를 바꿀 수도 있는 존재들이라는 거죠.

이렇게 글을 쓰고 있을 무렵, 지난번 강연을 들었던 청중 한 분으로부터 다음과 같은 이메일이 도착했습니다. "적은 확률이라도 그녀가 돌아오길 원한다면 '그래, 헤어져' 하고 냉큼 돌아 나오는 건 실제로 효과가 있습니다! 제 경우가 그랬어요. 실제로 재결합해서 첫사랑과 결혼에 골인했죠. 하지만 첫사랑이 꼭 이루어져야 할까요? 첫사랑의 아픔을 하나쯤 가슴에 간직하면 평생 가슴에 보석 하나 지니는 것과도 같습니다. 첫사랑과 헤어지면 20대 싱그러운 순간에 박제된 모습을 영원히 간직할 수 있어요. 첫사랑이 이루어져 아기가 태어나 새벽 3시에 기저귀를 가는 현실은 생각보다 아름답지 않습니다."

# 완성을 향한 열망

## 敬
경

『논어』「위령공衛靈公」편은 순임금을 가만히 있으면서도
정치를 잘해낸 성인으로 묘사하고 있지만, 공자 본인 역시
가만히 있는 데 소질이 있었던 것 같다. 이를테면『논어』「향
당」14를 보라. "지역 사람들이 나례(잡귀를 쫓는 의식)를 지낼
때는 조복을 입고 동쪽 층계에 서 계셨다."(鄕人儺, 朝服而立於阼
階.) 여기서 말하는 나례儺禮의 성격에 대해서는 주석가들마
다 의견이 분분하다. 선조들을 놀라게 할까 두려워했다는
취지의 주석(공안국)이나, 놀이에 가까워져 경건함이 결여되
었다는 취지의 주석(주희)이 존재하는 것을 보면, 그 예식은
꽤나 시끄러운 스펙터클이었을 가능성이 높다. 다들 그렇게
시끄럽게 예식 행위에 종사하고 있을 때, 공자는 경건한 자

세로 동쪽 층계에 서 계시기만 했다는 것이다. 예복을 잘 차려입고, 그러나 별달리 과장된 행동은 하지 않은 채 가만히 서 있었던 것이다. 마치 사람들이 시청 광장에 모여 한국 축구팀의 월드컵 4강 진출을 기원하며 합창하고 북을 두드릴 때, 예복을 차려입고 시청 건물 동쪽 층계에 조용히 서 있는 이상한 사람처럼.

공자의 길을 따른다고 자처한 사람들 중 상당수가 그처럼 옷을 잘 차려입고 가만히 있는 일의 달인들이었던 것 같다. 이를테면 『묵자』 「공맹公孟」편에 나오는 공맹자公孟子라는 인물이 그렇다. 공자의 재전再傳 제자라고 알려진 그는, "군자란 모름지기 손 모으고 기다리는 법"이라고 말한다(君子共己以待). 유별난 행동을 취하지 않고 가만히 기다리기. 이것은 체력이 약한 사람들이 에너지를 방전하지 않기 위해 흔히 취하는 태도이다. 그리고 체력이 약한 사람들은 살기 위해 고기를 자주 먹어주어야 한다. 공자나 그의 제자들이 정말 체력이 약한 사람들이었는지는 알려져 있지 않지만, 공자는 실로 고기를 주지 않는다고 노나라 사구 직책을 관두고 떠나버렸다는 오해를 받기도 하였다(不知者以爲爲肉也).

이러한 이미지를 종합해보면, 남들이 떠들썩하게 움직일 때, 옷매무새나 잘 가다듬고 가만히 있는 사람, 그러나 고기에 관해서는 남다른 애착을 가진 사람이 머리에 그려진다. 일상복으로 입기에 불가능할 정도로 멋지고 장식적인 예복을 좋아하는 사람, 그러나 체력이 약해서 잘 움직이지 않고 고기를 탐하는 사람이 머리에 떠오르는 것이다. 이렇게 상상해본 모습이 과연 그 당시 공자나 그의 추종자들을 공평하게 묘사한 것인지는 알 수 없다. 그러나 적어도 묵자는 그렇게 생각한 것 같다. 공자의 가르침을 따르는 이들에게 퍼붓는 묵자의 다음과 같은 비난을 보라. "예악을 번다하게 만들어서 사람들을 타락시키고 (…) 게으르고 오만한 데서 만족감을 느끼고, 식탐을 부린다."(繁飾禮樂以淫人 … 安怠傲貪于飲食.『묵자』「비유非儒」)

## 묵자가 상상하는 인간은 능동적 존재

묵자가 보기에, 인간은 저렇게 수동적으로 살아서는 안 되고 열심히 능동적으로 살아야 한다. 그러면 어떻게 사는 것이 능동적으로 사는 것인가? 일단 신에게 열심히 갈구해 자신이 원하는 것을 신으로부터 얻어내야 한다. 그런 점에서 신과 소통하는 예식은 묵자에게도 중요하다. 묵자는 예식을 위해 물자를 많이 쓰는 것을 비판했을 뿐, 예식 자체를 하지 말아야 한다고 주장하지는 않았다. 물론 이러한 묵자의 태도마저도 수동적이라고 간주하는 사람이 있으리라. 스스로 운명을 개척하는 것이 아니라 신에게 도움을 청하다니, 그것은 인생에 대한 너무 수동적인 태도가 아닌가. 인간이 자연을 개조할 수 있으리라 한때 믿었던 '근대인'이 보기에, 묵자는 초인간적 존재인 신의 가호를 기대한다는 점에서 공자 추종자만큼이나 수동적인 것이 아닐까.

묵자의 입장은 그 나름 인간사를 능동적으로 통제할 수 있다는 매우 강한 믿음에 근거한 것이다. 그들에게 신이란 자판기와도 같은 존재이다. 열심히 기도하면, 그에 대한 어김없는 보답을 기대할 수 있는 존재가 바로 신이다. 그렇다면 비록 초인간적 존재의 매개를 거칠지언정, 인간은 자신의 운명을 스스로 통제할 수 있다. 묵자가 상상하는 인간은 자신이 가진 결핍에 속절없이 굴복하는 수동적인 존재가 아니라, 원하는 것을 얻기 위해서 적극적으로 신에게 갈구하고, 마침내 원하는 바를 얻어내는 능동적인 존재이다. 그래서 묵자는 공자의 가르침을 따른다는 이들에게 수동적인 운명론자들이라고 비난한다.

하지만 공맹자는 묵자에게 서늘하게 대답한다. "귀신(귀와 신)은 없다."(無鬼神.) 그러고는 한술 더 떠 이렇게 말한다. "그럼에도 군자는 반드시 제사와 예를 공부해야 한다."(君子·必學祭祀.) 아니, 이게 무슨 말인가. 귀신이 없다는 주장도 황당한데,

귀신이 정녕 없다면 제사나 예식은 도대체 왜 필요하단 말인가? 그래서 묵자는 대꾸한다. "귀신이 없다면서 제사와 예를 공부하는 것, 이것은 손님이 없는데 손님 맞는 예를 공부하는 것과 같다. 이것은 물고기가 없는데 그물을 만드는 것과 같다."(執無鬼而學祭禮, 是猶無客而學客禮也, 是猶無魚而爲魚罟也.)

## 신이 없는 중국 사회는 수평적 구조?

자식이 고시에 합격하기를 기원하는 마음에서 추운 겨울에도 매일 새벽에 치성을 드리러 가거나 기도를 드리러 가는 사람들이 있다. 빙판길을 조심조심 걸어가 성소에 당도하여, 차가운 마룻바닥에 무릎 꿇고 "우리 자식이 고시에 합격하게 해주세요"라고 기도하는 사람들이 있다. 그들에게 다가가 귓속말로 속삭이는 거다. "신은 없어요." "네?" 놀라 기도를 멈추고 눈을 동그랗게 뜬 그에게 재차 말하는 거다. "신은 없다니까요." 어안이 벙벙해져 자신이 기도 중이었다는 사실조차 잊어버린 그에게 심드렁하게 한마디 덧붙이는 거다. "그래도 새벽기도는 계속하는 게 좋을 거예요. 신이야 있든 없든." 그제야 제정신이 돌아온 그는 그곳이 성소라는 사실도 잊은 채 멱살을 쥔다. "나랑 장난하자는 거냐?" 멱살 잡은 손을 뿌리치고 여전히 심드렁한 어조로 말하는 거다. "새벽기도를 열심히 하려고 하면, 일찍 자고 일찍 일어나야 하고, 또 집에서 여기까지 걸어오다보면 아침 운동도 되고, 그렇게 규칙적으로 살다보면 건강하게 되고, 부모가 건강하면 자식이 부모 걱정할 일도 없어서 공부에 전념할 수 있게 되고, 공부에 전념하다보면, 고시에 붙게 되고, 뭐 그런 거죠. 그러니까 신은 없지만 새벽기도는 계속하세요."

공맹자도 바로 이런 식으로 말한 거다. 사람들은 신에게 뭔가 얻기 위해 기도하고 전례를 행하지만, 거기에 응답할 신이란 존재하지 않는다고. 그렇지만 예를 배우는 것은 중요하다고. 예를 통해서 신에게 뭔가 얻어낼 수는 없지만, 예를 통해 인간은 비로소 인간끼리 어떻게 살아가야 하는지를 알게 되는 거라고.

이런 취지로 공자의 가르침을 해석한 것은 그 옛날의 묵자나 혹은 묵자가 묘사하고 있는 공맹자뿐이 아니다. 일본 동양학 연구의 산실인 동양문고의 이사장을 역임했으며, 식민사학자로 알려진 도쿄대학 교수 시라토리 구라키치白鳥庫吉(1865~1942) 역시 『국체國體와 유교儒教』라는 저서에서, 종교성의 결여야말로 중국을 설명하는 핵심이라고 주장했다. 그러한 취지에서 시라토리는 『논어』는 신의 부재와 아울러 인간관계를 강조한 저작이라고 해석했다. 그가 보기에, 신이 없다는 것은 충성을 바칠 대상이 궁극적으로 존재하지 않는다는 뜻이다. 그러한 중국 사회는 수직적이기보다는 수평적인 사회 구조를 가지기 마련이라는 논지를 펼쳤다.

과연 공자가 신의 존재를 부정했을까? 『논어』에 신의 존재를 명시적으로 부정하는 구절은 없다. 단지 『논어』「옹야」 22에서 "귀신을 공경하되 거리를 두라"(敬鬼神而遠之)고 말했을 뿐이다. 거리를 두기 위해서는 먼저 신의 존재를 인정해야 한다. 존재하지도 않는 대상으로부터 거리를 둘 방법은 없다. 존재하지도 않는 신으로부터 거리를 두라고 말하는 것은, 애인이 한 번도 있은 적이 없는 사람에게 애인과 거리를 두라고 말하는 것과 같다. 애인과 거리를 두기 위해서는 일단 애인이 있어야 한다.

신의 존재를 인정하되 신으로부터 거리를 두는 일은, 신의 존재를 인정해서 그에게 원하는 바를 갈구하는 입장이나 신으로부터 거리를 두고 싶은 나머지 신의 존재를 부정하는 입장과는 확연히 구분된다. 신의 존재를 인정하되 신으로부터 거리를 두는 일은 생각보다 어렵다. 신이 존재한다고 생각하면 그 강력한 존재에게 이끌리기 마련이다. 그리고 신의 존재를 인정하고 나면, 탄원의 대상으로든 원망의 대상으로든 자신의 말을 들어줄 상대로서 바로 옆에 모시게 된다. 작고한 소설가 박완서 선생은 남편을 잃은 지 석 달 만에 외아들마저 잃게 되자, 십자가를 내동댕이치고 하느님을 원망했으며, 스스로 미치지 않은 게 저주스러웠다고 회고한 적이 있다. 그러나 돌이켜보니, 그렇게 원망할 대상이라도 있어서 다행스럽기도 했다고 한다.

## 공자를 무결점의 인간으로 만들려는 열망

그렇다. 인간은 허약하므로 무언가 부여잡고 삶을 지탱해야 한다. 그래서 사람들은 지금 이 순간에도 혼신을 다해 사랑하고 원망할 대상을 찾는다. 죽거나, 미치거나, 타락하지 않기 위해서. 그러나 "하늘이 무엇을 말하더냐?"(天何言哉.) 신이 침묵할 때 인간이 할 일은 무엇인가? 공자에 따르면, 신의 존재를 부정하려 들지도 말고, 신과 거래하려 들지도 말고, 스스로 신이 되려고 들지도 말고, 완전히 자신의 운명을 통제할 수 있다고 믿지도 말고, 신을 무시하지도 말고, 신에게 너무 가까이 다가가지도 말고, 신과 거리를 유지하면서, 인간에게 허여된 일을 하다가 죽는 것이다.

신과 거리를 둔다고 해서, 공자가 기도를 게을리한 사람이었을까? 공자의 병이 위중해지자, 제자가 신에게 기도하기를 청한 적이 있다. 그때, 공자는 짧아서 그 뜻을 혜량하기 어려운 한마디 말을 남긴다. "나는 기도한 지 오래되었다."(丘之禱久矣.) 이것은 신에게 개인적으로 오랫동안 기도해왔다는 이야기일까, 아니면 기도를 오래전에 멈추었다는 이야기일까?

조선 후기의 사상가 송시열은 『논맹혹문정의통고論孟或問精義通攷』라는 저서에서 공자를 이상적인 성인으로 간주한 나머지, 공자는 과오가 없었기에 새삼 기도할 일이 없었다는 취지의 기존 해석을 받아들인 바 있다(夫禱者, 悔過遷善以祈神之祐也, 聖人未嘗有過無善可遷, 故曰丘之禱久矣). 그러나 공자를 무결점의 인간으로 만들고 싶은 것은 후대 사람들의 열망일 뿐, 나는 오히려 이 대목을 읽을 때마다 황동규의 시 「기도」의 마지막 구절을 상기한다.

깃대에 달린 깃발의 소멸을
그 우울한 바라봄, 한 짧고 어두운 청춘을
언제나 거두소서
당신의 울울한 적막 속에

선생님께서 병이 위중하자, 자로가 기도하시길 청하였다. 선생
님께서 말씀하셨다. "그런 것이 있느냐?" 자로가 대답하였다.
"있습니다. 기도문에서 말하기를, '위아래 신령에게 그대를 위하
여 기도하노라'라고 하였습니다." 선생님께서 말씀하셨다. "나는
기도한 지 오래되었다."

子疾病, 子路請禱. 子曰, 有諸. 子路對曰, 有之, 誄曰, 禱爾于上下神
祇. 子曰, 丘之禱久矣.

『논어』 「술이」 35

# 알다, 모르다,
# 모른다는 것을 알다

## 知

지

    인간은 잘못을 저지르는 존재다. 따라서 인간이 잘못을 저지른다고 놀랄 필요는 없다. 잘못을 저질러도 그 잘못을 인지할 수 있을 때는 아직 희망이 있다. 잘못을 안다고 해서 잘못이 없어지는 것은 아니지만, 같은 잘못을 반복하지 않도록 자신을 다스릴 가능성이 있기 때문이다. 그러나 뭘 잘못했는지조차 모르는 상태라면 절망하기에 충분하다. 그래서 사람들은 종종 어떤 말을 비수처럼 남기고 상대를 떠나버린다. 이를테면, 영화 〈무산일기〉 주인공 승철의 여자친구는 이렇게 말한다. "승철 씨는 자기가 뭘 잘못했는지 모르죠? 그게 바로 잘못이에요." 마치 『논어』「위령공」30에서 "잘못이 있는데도 고치지 않는 것, 그것이야말로 잘못이라고 한다"(過而不改, 是謂過矣)라고 한 것처럼.

　　인간은 무지한 존재다. 따라서 인간이 뭘 잘 모른다고 놀랄 필요는 없다. 뭘 잘 모르더라도 자신의 무지를 인지할 수 있을 때는 아직 희망이 있다. 무지를 안다고 해서 자신의 무지가 없어지는 것은 아니지만, 무지에서 벗어나고자 자신을 채근할 가능성이 있기 때문이다. 그러나 뭘 모르는지조차 모르는 상태라면 절망하기에 충분하다. 뭘 모르는지조차 모르는 상태에서는 가짜 지식을 섬기고 있을 가능성이 높다. 버나드 쇼는 말했다. 무지보다 위험한 것은 잘못 알고 있는 것이라고. 무지보다는 가짜 지식을 경계해야 한다고. 마치 『논어』「위정」 17에서 "아는 것을 안다고 하고, 모르는 것을 모른다고 하는 것, 이것이 아는 것이다"(知之爲知之, 不知爲不知, 是知也)라고 한 것처럼.

　　인간은 불완전한 존재다. 따라서 인간에게 결함이 있다고 놀랄 필요는 없다. 결함이 있더라도 자신의 결함을 인지할 수 있을 때는 아직 희망이 있다. 결함을 안다고 해서 곧 결함이 없어지는 것은 아니지만, 결함을 보완하고자 노력할 가능성이 있기 때문이다. 그러나 뭐가 결함인지조차 모르는 상태라면 절망하기에 충분하다. 자신의 결함을 모를 때, 사람들은 배움에 매진하기보다는, 오지랖을 통해 자신의 무지와 무능을 스스로 폭로하는 데 분주하다.

『논어』「술이」 34에서 공자가 자신은 불완전한 사람이지만, "[성인됨과 인仁을] 실천하는 것에 염증을 내지 않고, 남을 가르치는 데 게으름을 부리지 않는다"(爲之不厭, 誨人不倦)고 하자, 제자 공서화公西華가 말했다. "바로 [그것이] 제자들이 배울 수 없는 경지입니다!"(正唯弟子不能學也.)


## 무지의 선언만으론 부족하다

자신의 잘못을 인지하려면, 아는 것을 안다고 하고 모르는 것을 모른다고 하려면, 무능을 넘어 배우는 일 자체에 대해 배우려면, 메타meta 시선이 필요하다. 공자가 극기복례克己復禮라고 했을 때, 거기에는 극복 대상이 된 3인칭의 자아뿐 아니라, 대상화된 자신을 바라보는 1인칭의 자아가 동시에 있다. 메타 시선을 장착한 사람은 대개 함부로 말할 수 없는 영역에 대해서는 발언을 삼가는 사람, 자신이 알 수 없는 큰 영역이 있음을 인정하는 사람이다. 그러나 무지를 선언한다고 해서 그가 곧 메타 시선을 장착한 사람인 것은 아니다. 뭔가 배울 의지가 없는 사람일수록 질문을 하자마자, 냅다 "모르겠는데요!"라고 대꾸하고 고개를 숙여버린다. 무지를 선언하는 데는 그 나름의 쾌감이 따르므로. 그러나 과연 무엇을 모르는가?

　메타 시선이 있는 이는 무지를 그저 선언하기보다, 질문
한다. 『논어』 속 공자는 제자들 질문에 답하는 사람이기도
하지만, 질문하는 사람이기도 하다. 공자는 태묘에 들어가
면 매사를 물었다.(子入大廟, 每事問.) 늘 그렇듯, 인기를 끄는 이
에게는 시기와 험담을 하는 이들이 생겨나기 마련. 사람들
은 말한다. "노나라 추읍 사람의 아들(공자)이 예를 안다고 누
가 그랬는가? 태묘에 들어와 매사를 묻는구만."(孰謂鄹人之子知
禮乎. 入大廟, 每事問.) 그러자 공자는 말한다. "그렇게 묻는 것이
예이다."(是禮也.)

　정교한 질문은, 무엇을 모르는지 아는 사람이나 할 수
있는 훈련된 행위이며, 대상을 메타 시선으로 바라볼 수 있
을 때에나 가능한 것이다. 그러나 사람들은 어떤 상황에서
어떻게 행동해야 하는지를 잘 외워 받아쓰기하듯 척척 행
하는 것이 곧 예를 아는 일이라고 생각했던 것 같다. 그러기
에, 척척 행동하는 대신 오히려 질문을 일삼는 공자를 비웃
는다. "누가 공자보고 예를 안다고 했나?" 그러나 공자는 질
문한다. 몰라도 아는 척을 하거나, 알아도 침묵하거나, 아는
것을 가지고 '꼰대질'을 하는 대신, 질문하기를 선택한다.

　이러한 태도는 신으로부터 복을 갈구하기 위해 예식을
일삼던 이들의 자세와 사뭇 다르다. 공자의 시대 이전에는,

그리고 공자의 시대에도, 심지어 공자의 시대 이후에도, 오랫동안 '안다는 것'은 인간사를 좌우하는 귀신의 뜻을 알아채는 것을 의미하곤 하였다. 그러나 제자 번지樊遲가 안다는 것에 대해 물었을 때, 공자는 "피치자에 관련하여 올바름에 힘쓰고, 귀신을 공경하되 거리를 두면 '안다'고 할 수 있다"(務民之義, 敬鬼神而遠之, 可謂知矣)고 대답한다.

귀신을 덮어놓고 경배하거나 무시하는 것이, 귀신을 공경하는 동시에 멀리하는 이 절묘한 자세보다는 차라리 쉬울지 모른다. 이 절묘한 자세를 유지하기 위해서는 대상에 대한 메타 시선, 앎의 한계와 인간 능력의 한계에 민감한 정신력이 필요하다. 그런 정신력은 제자 자로가 죽음에 대해 물었을 때, "삶도 아직 모르겠는데, 죽음을 어찌 알겠는가?"(未知生, 焉知死)라고 대답한 데에서도 드러난다. 자아 수양에 필수적인 이러한 정신력은 급변하는 시대 속에서 기존의 예가 더 이상 당연시되지 않을 때, 기복 신앙에 의존해서만은 더 이상 사회질서를 유지하기 힘들 때, 특히 필요하다.

메타 시선은 인생을 두 배로 살게 한다. 여행을 하는 동시에 여행에 대해 생각하는 것은 여행 체험을 곱절로 만들듯이. 행복한 삶을 누리는 동시에 행복에 대해 생각하는 것은 행복감을 곱절로 만들듯이. 그러나 메타 시선을 유지하는 일은 많은 심리적, 육체적 에너지를 요구하는 고단한 일이기도 하다. 송나라 때 『논어』 주석가인 형병邢昺은 극기복례의 과정을 전쟁에 비유하기까지 하였다. "욕심과 예의가 전쟁을 할 때, 예의가 욕심을 이기게끔 하면, 자신은 예로 돌아갈 수 있다."(嗜慾與禮義戰, 使禮義勝其嗜慾, 身得歸復於禮.) 자신을 끊임없이 다그쳐야 하는 전쟁 같은 삶. 삶은 고단하기에 때로 죽음은 해방감을 가져온다.

공자의 제자 증자는 "맡은 바는 무겁고 갈 길은 멀다. 인을 자기 책임으로 삼으니 참으로 무겁지 아니한가? 죽은 뒤에야 그칠 일이니, 참으로 멀지 아니한가?"(任重而道遠. 仁以爲己任, 不亦重乎. 死而後已, 不亦遠乎)라고 말한 적이 있다. 그러던 증자는 죽음이 다가오자 제자들에게 이렇게 말했다. "이제야 나는 면하게 되었음을 알겠도다!"(今而後, 吾知免夫.) 아, 개운해. 이제 나는 더 이상 자기반성으로 점철된 고단한 삶을 살지 않아도 돼! 그런데 이 마지막 순간에서마저도 증자는 메타 시선을 유지한다.

"나는 이제 삶의 책임과 걱정을 면한다!"(吾免夫)고 기뻐 날뛰는 것이 아니라 "나는 이제 삶의 책임과 걱정을 면함을 '안다'"(吾'知'免夫)고 말한다. 즉 삶의 긴장, 구속, 고단함을 면한다는 단순한 선언이 아니라, 그 사실 자체를 메타 시선으로 바라보아 '안다'(知)는 선언이다.

# 하지만 때로는 쉬어야 한다

이토록 고단한 것이 인생이기에, 인간은 때로 쉬어야 하는 존재이기도 하다. 그러한 휴식과 이완의 순간이 『논어』에도 있다. 타인의 인정에 목말라 있는 제자들에게 어느 날 공자가 묻는다. 사람들이 너희를 알아주면 무슨 일을 하고 싶으냐고. 거창한 계획을 늘어놓는 다른 제자들과는 달리, 증점曾點은 엉뚱하게도 소풍 계획을 늘어놓는다. "늦은 봄에, 봄 예복이 다 지어지거든, 어른 대여섯 명과 아이 예닐곱 명과 어울려 기수沂水에서 목욕하고 무우舞雩에서 바람 쐬고, 읊조리며 돌아오겠습니다." 그러자 공자는 감탄하며 "나는 증점에게 공감한다"고 선언한다.

그런데 이때 목욕하러 가는 공자의 무리를 간밤에 과음하고, 사우나에 허겁지겁 몰려가는 중년 남자들로 상상하면 안 된다. 학자들의 연구에 따르면, 이때의 목욕은 수계修戒 의식, 즉 물가에 가서 향초를 피우고 세수하고, 나쁜 기운을 없애고 행복을 기원하는 행사이다. 즉 이완의 순간에마저 공자는 예를 떠나지 않는다.

인간은 발전이나 긴장만큼이나 이완과 휴식을 열망하는 존재다. 따라서 인간이 틈만 나면 누우려 들어도 놀랄 필요는 없다. 자신이 일중독에 빠지는 잘못을 저질러도 그 잘못을 인지할 수 있을 때는 아직 희망이 있다. 일중독이라는 사실을 깨닫는다고 해서 중독이 곧 사라지는 것은 아니지만, 휴식과 이완을 찾아 나설 가능성이 있기 때문이다. 그러나 어떻게 쉬어야 할지조차 모르는 상태라면 절망하기에 충분하다. 쉴 수 있는데도 쉬지 않는 것, 그것이야말로 잘못이라고 부른다. 아무리 쉬었어도 아직 더 쉴 수 있다는 것을 잊어서는 안 된다. 잘 쉬어야 자아 수양도 가능하다.

이에 인간이 쉴 수 있는 가장 화끈한 방법을 소개하겠다. 그 비결은 바로, 주기적으로 인간이기를 그만두는 것이다. 어떻게? 문명의 핵심은 언어. 고도의 언어생활을 영위하기 위하여 인간이 엄청난 에너지를 쓴다는 점을 고려할 때, 인간의 언어를 포기하는 것이 인간이기를 그만두는 가장 화끈한 방법이다.

일주일에 한 시간 정도는 누가 뭐라고 하든 인간의 말을 쓰지 않고 짐승의 말을 쓰는 거다. "이번 달 회계 보고를 해주세요"라고 요구하거든 이러저러해서 재정이 적자라고 피곤하게 설명하는 대신, 그냥 으르렁대는 거다. "으르렁!" "이번 달 연수 장소를 어디로 할지 비교 검토해서 보고해주세요"라고 명하거든, 수고롭게 파워포인트를 만드는 대신 그냥 짖어대는 거다. "왈왈!" 누가 맛있는 디저트를 먹고 있는데 방해하거든, 마치 물어뜯을 것처럼 저음을 내는 거다. "으르르!" 그리고 아랑곳하지 않고 디저트를 퍼먹는 거다. 누가 다가와서 남의 험담을 늘어놓거든, 꺼지라고 소리 지르는 거다. "캬오!" 세상으로부터 오는 어떤 귀찮은 자극에도 다 이렇게 으르렁, 왈왈, 으르르, 캬오로 반응하다보면 어느덧 피곤이 스르르 풀리는 것을 느낄 것이다. 이런 이완의 시간은 일주일에 한 시간이면 족하다. 너무 오래 하다가는 영원히 인간으로 돌아갈 수 없기 때문이다.

자로가 귀신을 섬기는 일에 대해 묻자, 선생님께서 말씀하셨다. "사람도 섬기지 못하는데 어찌 귀신을 섬길 수 있겠는가?" [자로가 여쭈었다.] "죽음에 대해 감히 묻습니다." [선생님께서] 말씀하셨다. "삶도 아직 모르겠는데, 죽음을 어찌 알겠는가?"

季路問事鬼神. 子曰, 未能事人, 焉能事鬼. 曰, 敢問死. 曰, 未知生, 焉知死.

『논어』「선진」 12

# 3

# 회전하는 세계의
# 고요한 중심점에서

# 자성,
# 스스로에게 부과하는 고통

## 省
성


프랜시스 코폴라의 영화 〈대부〉는 사상 최고의 갱스터 영화라고 한다. 그런데 〈대부〉는 갱스터의 현실보다는 갱스터의 꿈을 그렸다. 대부 마이클 콜레오네는 도덕적 딜레마 속에서 묵상하고, 고뇌 끝에 충복을 처단하고, 충복은 자크루이 다비드의 〈마라의 죽음〉을 연상시키는 포즈로 욕조 속에서 피를 흘리며 자결한다. 영화 내내 폭력을 행사하는 갱스터는 불온한 예식을 집전하는 성직자처럼 묘사된다. 그러나 현실 속 갱스터는 웅려한 성직자와는 거리가 멀다. 어느 날 현실의 갱스터가 휴대전화에 저장된 문자를 내게 자랑스레 보여주며 말했다. "전국구 조폭 아무개 이름 들어보셨죠. 그 형님하고 제가 얼마나 친한지 아세요? 이거 지난주에 받은 문자예요." 국민 대다수가 이름을 들어보았을 법한 갱스터 우두머리가 보낸 문자에는 "방가방가" 같은 글귀들과 몸서리치게 귀여운 이모티콘으로 가득했다.

사회과학자 맨슈어 올슨의 표현에 따르면, 국가 역시 일종의 갱스터이다. 갱스터가 금품을 갈취하고, 지주가 소작료를 걷듯이, 국가는 국민으로부터 세금을 걷는다. 국가가 꾸는 꿈은 제복을 입은 관리가 세금을 차곡차곡 걷고 치안을 그럴싸하게 유지하는 상태이다. 역설적이게도 그러한 국가의 꿈이 가장 잘 실현되는 때는 질서가 가장 위협받는 때이다. 전쟁이 일어날 때, 질병이 창궐할 때, 사람들은 평소 이상의 통제를 갈구하고, 국가는 그 어느 때보다도 원기왕성하게 자원을 징발하고 치안을 강화한다.

그 대표적인 예가 전염병이 유행하는 상황이다. 푸코가 전하는바, 뱅센 육군 고문서관 소장 원고에 따르면 페스트가 발생했을 때 국가는 다음과 같이 움직이게 되어 있다. 사람들의 외부 출입은 금지되며, 그 규칙을 어기면 사형당하고, 유기묘와 유기견들은 모두 살해되고, 집 열쇠는 감독관이 관리하고, 모든 길에는 보초가 있고, 감독관은 매일 순찰하며 모든 사건을 기록한다 등등.

하지만 꿈이 아니라 현실 속에서 국가는 자주 실패한다. 대규모 반란군을 진압한 국가는 종종 마이클 콜레오네처럼 개폼을 잡지만, 피지배층은 미시적인 저항을 통해 결국 국가를 곤경에 빠뜨린다. 정치인류학자 제임스 스콧의 연구에 따르면, 피지배층은 지연 전술, 은근한 의무 불이행, 좀도둑질, 부지불식간에 이루어지는 공유지 무단 점유, 험담, 경멸적 침묵 등 각종 미시적 수단을 통해 국가에 저항한다. 국가가 실패하는 것은 꼭 조직화된 대규모 투쟁이나 영웅적 혁명에 의해서가 아니다. 상대적으로 미시적인 투쟁 속에서, 국가 권력은 잠식된다.

## 가능하면 싼값에 통제하기

실패가 두려워 그 많은 피지배층을 한 명 한 명 일일이 통제하려다보면, 국가도 쉬이 피로해진다. 그리하여 국가는 가능하면 작은 힘을 들여 사람들을 통제하고 싶어 한다. 페스트 관련 규정 이후 약 한 세기 반 뒤, 제러미 벤담은 프랑스 국민의회 의원 가랑에게 편지를 쓴다. 국가가 감시자에게 돈을 지불하지 않아도 되는 시스템을 알려주겠다고. 싼값에 원하는 통제를 손에 넣을 수 있다고. 그 방책이 바로 파놉티콘panopticon이다.

파놉티콘 건축 도면에 따르면, 원형 건물 안에 갇힌 수

감자들은 중앙 감시탑 안을 볼 수 없는 반면, 중앙 감시탑에서는 원형 감옥 안의 모든 걸 볼 수 있다. 이러한 건축 양식으로 말미암아, 수감자들은 누가 감시하는진 몰라도 늘 자신이 감시받고 있다고 느낀다. 그리하여 스스로 조심하고 자신을 통제한다.

푸코가 강조하고 있듯이, 파놉티콘의 장점은 그 가성비에 있다. 파놉티콘은 "감각보다는 상상을 자극하며 그 감시 테두리 안에서 항상 어디든지 존재할 수 있는 단 한 사람에게 수백 명의 사람을 맡긴다." 어쩌면 단 한 사람의 감시자도 필요 없을지 모른다. 밖에서는 파놉티콘의 감시탑 안을 볼 수 없으므로, 감시자가 설령 자리에 없다 해도 마치 거기 있는 것 같은 효과를 내므로. 감시자는 "유령처럼 군림한다." 모습을 드러내지 않으므로, 누가 권력을 쥐고 있는가 혹은 그가 인仁과 같은 덕성을 갖추고 있는가 하는 문제는 중요하지 않다.

파놉티콘의 원리는 감옥에만 적용되는 것이 아니다. 벤담은 파놉티콘의 원리가 감옥뿐 아니라 학교나 병영, 더 나아가 소수가 다수를 감독하는 사안에 모두 적용 가능함을 강조한다. 즉 파놉티콘은 국가의 운영 원리이기도 하다. 푸코는 거론하고 있지 않지만, 실제 벤담의 글을 읽어보면, 파놉티콘 구상 속에는 연좌제의 아이디어도 포함되어 있다. 수

감자들은 서로를 감시하며, 발생한 문제에 대해서는 연대 책임을 지게 된다. "동료의 수만큼 감시자가 있는 셈이 되어 피감시자들이 서로를 감시하고 결국 전체 안전에 공헌하게 된다." 즉 파놉티콘은 단순히 국가가 자기 감시를 강제하는 데 그치는 것이 아니라 이웃끼리의 감시도 강제한다.

공자의 시대는 국가의 통제력을 강화하고자 하는 이들이 등장하기 시작한 시대였다. 역사학자 마크 에드워드 루이스가 명료하게 정식화한 바 있듯이, '중국'의 고대 국가는 주나라의 도시국가에서 전국시대의 대규모 국가macrostate, 그러다 마침내 진나라에 의한 제국의 형성으로 이어지는 흐름으로 진화해갔다.

그 흐름의 이면에는 귀족들의 대단위 친족 조직이 붕괴되는 현상이 있었고, 친족 조직으로부터 느슨하게 풀려난 이들을 국가는 '직접' 지배하고자 하는 야심을 품게 되었다. 후대에 가서 그 쓰임이 달라지기는 하지만, 오가작통五家作統이라는 연좌제 혹은 이웃 간의 감시 시스템도 이 무렵에 본격화된 것으로 알려져 있다. 비록 후대에 편집된 텍스트이기는 하나, 『상군서商君書』 같은 텍스트가 이러한 국가주의적 지향을 반영하고 있다.

## 자성, 스스로에게 부과하는 고통

『논어』에는 이웃 간의 감시 시스템이나 국가의 물리적 통제력 강화를 옹호하는 부분은 없다. 대신 자기 감시 혹은 자기 통제의 중요성을 강조하는 언명은 여럿 있다. "안으로 반성하여 꺼림하지 않으면, 무엇을 근심하고 무엇을 두려워하랴?"(內省不疚, 夫何憂何懼.) 이 반성 과정에서 자신을 통제하는 이는 바로 자기 자신이다. 이 문장에 나오는 내성內省이라는 단어를 양나라 황간은 자기 마음을 스스로 들여다보는 일이라고 풀이했다(內省謂反自視己心也). 자기 마음을 들여다본다는 면에서야, 파놉티콘의 세계나 『논어』의 세계나 다를 바 없다. 파놉티콘의 수감자들은 볼 수 없는 중앙탑 내부 대신 자기 스스로를 들여다보고 통제한다. 혹시라도 감시당하고 있을까 봐 알아서 긴다. 파놉티콘은 자기 감시의 메커니즘을 외부에서 강제하는 장치이다.

반면 공자가 말한 자기반성이란, 국가가 사람들 일반에 대해 행하는 통제가 아니라, 통치 엘리트 자신이 자신에게 가하는 통제이다. "안으로 반성하여 꺼림하지 않으면, 무엇을 근심하고 무엇을 두려워하랴?"는 말도 사마우司馬牛가 군자君子에 대해서 물었을 때 공자가 한 대답이었다. 또 공자는 못난 사람을 보면 속으로 자성하라는 취지의 말도 했다.(見

不賢而內自省也.) 주희에 따르면, 여기 나오는 자성이란 자신에게도 이러한 못남이 있지 않나 두려워하는 일이다(內自省者, 恐己亦有是惡). 즉 자성이란, 세끼 밥을 통해 자신에게 영양을 주는 행위나 막연히 몽상에 빠져 있는 일이 아니라, 적극적으로 자신의 못남을 탐색하는 행위, 즉 자기 파괴적 속성이 있는 행위이다. 자신의 못남을 탐색하는 행위는 고통스럽지만, 스스로 부과하는 고통이라는 면에서 국가가 가하는 고통과는 다르다.

공자는 제국의 신민으로서 자성을 생각한 것은 아니었으나, 후대에 성립된 중국 제국은 자성이라는 아이디어를 활용한다. 신민들이 양심이라는 이름으로 자기 통제를 하기를 기대한 것이다. 명나라 때 사상가이자 반란진압군 수장이었던 왕양명王陽明이 그러한 양심의 자기 통제를 적극적으로 활용하고자 한 인물이었다. 그것도 다름 아닌 자신이 반란을 진압한 지역에서. 국가 행정력이 불충분하여 적절한 치안을 제공하기 어려운 곳에서 차선책으로 고려할 수 있었던 것이, 사람이라면 모두 가지고 있다는 '양심'이었던 것이다. 국가의 힘이 충분히 미치지 않는 곳에서마저 사람들이 양심을 발휘하여 스스로 질서를 이루고 살아준다면, 국가 입장에서야 얼마나 좋겠는가. 가성비 좋은 질서 유지는 국가의 오랜 꿈이다.

# 21세기 한국형 파놉티콘

국가의 그러한 꿈은 21세기 대한민국 수도 서울 마포구에서도 발견된다. 마포구에 위치한 어느 길목에는 사람들이 종종 쓰레기를 무단 투기하는 곳이 있다. 이에 참다 못한 공무원들은 큰 거울을 달아놓고 거기에 붉은 글씨로 "당신의 양심"이라고 써놓았다. 왜 양심 혹은 가슴은 늘 붉은색인가. 하여튼, 이곳에 몰래 쓰레기를 버리러 온 사람은 그 큰 거울을 마주 보게 되며, 그 거울 속에는 쓰레기를 버리려는 자신이 비치게 된다. 당신의 양심이라는 크고 붉은 글씨와 함께. 이것은 21세기 한국형 파놉티콘이 아닐까. 쓰레기를 버리려고 이 자리에 온 사람은 감시자를 보는 대신, 쓰레기를 손에 든 자기 자신을 본다. 할 수 없이 본다. 이 역시 외부 메커니즘을 통해 강제된 자기 통제이며, 그런 점에서 마포구의 쓰레기 투기 지역 큰 거울은 자기 감시의 메커니즘을 강제하는 장치이다.

길가에 쓰레기를 무단으로 버릴 정도의 담력을 가진 사람이라면, 그 거울에 비친 자신의 모습 정도야 아랑곳하지 않을 수 있다. 여느 때와 다름없이 쓰레기를 버리고 그 자리를 표표히 떠날 수도 있다. 그러나 국가의 마지막 복수가 기다린다. 쓰레기를 무단으로 버리고 떠나는 순간, 그 큰 거울의 붉은 글씨 "당신의 양심"은 쓰레기통에 처박힌 그자의 양심을 의미하게 된다. 쓰레기를 버린 사람은 쓰레기와 함께 자신의 양심도 버린 사람이 되는 것이다. 그가 양심을 가슴에 주워 담는 데 실패한 결과, 그의 양심은 마포구 길목에서 쓰레기와 함께 뒹굴게 된다.

군정이 종식되고, 이른바 민주화가 시작되어 자유의 환상이 미만彌滿하던 1990년대 초입. 나중에 영화감독으로 변신하기도 한 시인 유하는 "바람 부는 날이면 압구정동에 가야 한다"고 노래했다. "걸어가면 만날 수 있다. 오, 욕망과 유혹의 삼투압이여." 민주주의가 거리에 미만해 보이는 21세기에는 이렇게 노래하자, 양심을 찾고 싶은 날이면 마포구에 가야 한다고. 이제 양심의 추노꾼들은 마포구에 가야 한다. 양심은 마포구에 있다.

사마우가 군자에 대해 물었다. 선생님께서 말씀하셨다. "군자는 걱정하지 않고 두려워하지 않는다." [사마우가] 여쭈었다. "걱정하지 않고 두려워하지 않으면 이를 곧 군자라고 이를 수 있습니까?" 선생님께서 말씀하셨다. "안으로 반성하여 꺼림하지 않으면, 무엇을 근심하고 무엇을 두려워하랴?"

司馬牛問君子. 子曰, 君子不憂不懼. 曰, 不憂不懼, 斯謂之君子矣乎.
子曰, 內省不疚, 夫何憂何懼.

『논어』「안연」4

# "빡센 삶,
# 각오는 돼 있어?"

효

배우 김윤석의 감독 데뷔작 〈미성년〉의 주인공 윤아. 윤아의 엄마는 열아홉 살에 윤아를 낳았다. 열아홉 살. 얼마나 의도한 임신이었을까. 『공동번역 성서』「창세기」 3장은 말한다. "너는 아기를 낳을 때 몹시 고생하리라. 고생하지 않고는 아기를 낳지 못하리라. 남편을 마음대로 주무르고 싶겠지만, 도리어 남편의 손아귀에 들리라." 윤아 엄마는 남편을 주무르거나 손아귀에 들 계제조차 없다. 남편이 가정을 버리고 탄광촌으로 노름을 하러 떠나버렸기 때문이다. 이제 근근이 식당을 운영하며 윤아를 키워야 한다. 윤아가 고교생이 되자, 식당을 오가던 유부남과 정분이 나서 또 아이를 낳는다. 얼마나 의도한 임신이었을까. 책임을 회피하며 유부남이 여행을 떠난 사이, 편의점에서 시급을 받으며 일하던 윤아는 신생아실로 동생을 만나러 온다. 인큐베이터 안의 미숙아 동생에게 말을 건넨다. "사는 거 되게 빡세다. 각오는 돼 있어? 힘내!" 대답이 돌아올 리 없는 질문이기에, 그것은 마치 윤아가 자기 자신에게 하는 말처럼 들린다.

### "사는 거 되게 빡세다. 각오는 돼 있어?"

아무도 동의를 구하지 않았다. 윤아가 태어날 때 윤아에게 동의를 구하지 않았다. 윤아 동생을 인큐베이터에 넣을 때도 아무도 아이에게 동의를 구하지 않았다. "산다는 거 상당히 '빡센' 일입니다. 미숙아들은 체력이 약하곤 하다는데, 각오는 되어 있으십니까? 당신 부모는 법적 부부가 아닙니다. 불편한 일이 생길 수도 있습니다. 아버지는 사라져 소식 두절 상태입니다. 어머니 쪽 재산 상태는 꽤 좋지 않습니다. 산후에 라면을 끓여 먹을 정도죠. 그래도 살아보시겠습니까? 인큐베이터에 들어가는 거 동의하십니까? 동의하시면 오른쪽 빈칸에 표시하고 동의하지 않으시면 왼쪽 빈칸에 체크하세요." 아무도 이렇게 묻지 않았다. 개인의 자유의지에 근거한 사회계약론 같은 것은 삶의 출발을 설명할 수 없다.

따라서 부모는 자식에게 마치 계약 사항을 이행하라는 조로 효도를 요구해서는 안 된다. 아이는 대꾸할 것이다. "그러게 누가 날 낳으랬나?" 이 난감한 말대꾸에 요령 있게 대답할 수 있는 부모는 많지 않다. 노벨 물리학상 수상자 리처드 파인먼은 이렇게 말한 적이 있다. "물리학은 섹스와 유사하다. 둘 다 결과물을 산출하기는 하지만, 우린 결과물 때문에 그걸 하는 것이 아니다." 아이를 낳기 위해 섹스를 했다기보다는, 섹스를 하다보니 아이라는 결과물이 산출된 경우가 많은 것이다.

물론 의도된 출산도 있다. 김승옥의 소설 「환상수첩」에서 집에서 화초나 가꾸며 소일하는 아버지는 갑자기 자식들을 불러서 말한다. "내가 왜 너희들을 만든 줄 아느냐? 하, 이놈들, 외로워서 그랬다…. 그나저나 하여튼 미안하다." 외로운 인간들에게 점점 출산은 자의식으로 충만한 개인적 선택이 되어간다. 의료 기술이 발달함에 따라 사람들은 점점 더 계획 임신을 시도할 것이다. 정자와 난자를 냉동한 뒤 가장 적절한 때에 '결과물을 산출'하려 들 것이다.

하지만 진짜 문제는 결과물이 산출된 다음에 시작된다. 일단 태어나고 나면 누군가 그 삶을 책임져야 한다. 그 책임의 어느 부분을 어떻게 당사자, 가족, 사회, 국가가 나누어 감당할 것인가? 이것이 생존의 진짜 문제이다. 영화 〈미성년〉

의 대사 "사는 거 되게 빡세다. 각오는 돼 있어?"라는 말은 다음과 같이 바꿀 수 있다. "아버지는 도망갔고, 엄마 식당은 불황이고, 사회보장제도는 충분하지 않고, 언니는 편의점 알바하느라 정신이 없단다. 즉 가족, 사회, 국가 모두 네 삶을 크게 도와줄 만한 형편은 아니란다. 사는 거 되게 빡세다. 각오는 돼 있어?"

신생아실을 나온 많은 이들에게는 "빡센" 삶이 기다리고 있다. 입시 지옥을 거쳐 가까스로 취직을 하고 나면, 야근으로 점철된 격무가 기다린다. 지쳐 있지만 외로워서 가족을 만든다. 야근이 길어질수록 가족 사이는 서먹해진다. 관계를 회복해보고자 고소공포증에도 불구하고 아이와 함께 세 번 연속 놀이공원 롤러코스터를 타본다. 장성한 아이는 "그러게 누가 날 낳으랬나?"라며 방문을 쾅 닫고, 노쇠한 부모는 공자님 말씀을 들먹여가며 효도를 요구한다. 최근 연구에 따르면, 40대 이상에게는 주 3일 근무가 적절하다는데, 이 모든 삶의 책임을 혼자 지려면 주 3일 근무가 아니라 주 3일만 살아 있는 게 적당할지 모른다. 주 7일간 다 살아 있으려면 당사자, 가족, 사회, 국가가 어떻게든 삶의 책임을 나누어야 한다.

# 공자, 효와 충성을 양립시켜

공자는 효의 중요성을 처음으로 주장했거나, 효에 대해 이론화를 했거나, 자기 가족 내 효의 실천에 대해 구체적으로 고민한 사람이 아니었다. 『논어』 속 공자는 시종일관 자기 부모에 대한 언급을 회피하며 자식으로부터 거리를 두었다(君子之遠其子也). 공자가 더 관심을 기울인 것은 집 안에서 자기 부모를 구체적으로 어떻게 잘 섬길 것인가 혹은 자기 자식을 구체적으로 얼마나 효성스러운 사람으로 키울 것인가 하는 문제보다는, 앞서 말한 삶의 책임을 누가 어떻게 나누어질 것인가 하는 문제였다.

인간은 고립되어서는 생존을 유지할 수 없다. 어떤 식으로든 조직의 힘이 필요하다. 공자가 살았던 춘추시대에는 대규모 친족 조직이 지배층에게 그러한 생존의 터전을 제공했고, 지배층들은 국가보다는 자신이 속한 가문의 일원이라는 점에서 자신의 정체성을 찾았다. 그 가문 속에서 생존에 필요한 서비스를 제공하고 제공받았다. 이러한 친족 질서를 효라는 가치와 예라는 메커니즘이 완벽하게 규율해준다면, 제삼자인 국가가 법률을 통해 개입할 여지는 크지 않다. 국가가 강해질 필요가 없다.

공자는 친족 간의 유대와 효가 아직 꽤 중시되던 춘추

시대에 살았다. 다른 한편, 그때는 친족 질서가 차츰 약화되고 국가의 힘이 점차 강화되기 시작하던 시대이기도 하였다. 『논어』「자로」18에 실려 있는 섭공葉公과 공자의 대화를 보라. 먼저 섭공이 공자에게 자랑한다. 자기네는 아버지가 양을 훔치면 자식이 아버지를 숨겨주지 않고 법정에 나가 증언해서 올바름을 세운다고(其父攘羊, 而子證之). 공자는 맞받아친다. 가족끼리는 그렇게 서로 고발하지 않으면서도 올바름을 실현할 수 있다고(父爲子隱, 子爲父隱, 直在其中矣). 즉 섭공은 국가가 아버지와 자식 관계에까지 개입하여 정의를 구현한다는 점을 자랑하는 한편, 공자는 국가 개입 없이도 가족 내에서 구현할 수 있는 올바름의 영역이 존재한다고 반박한다.

섭공의 시각에서 보자면 가족은 편파적이고 사적인 영역인 반면, 국가는 공적 질서의 유일한 책임자다. 따라서 국가는 공적 질서를 보장하기 위해서라면 가족 내의 사안에도 기꺼이 개입할 수 있다. 그런 상황에서 만약 누군가 효를 국가에 대한 충성보다 더 우선시한다면 통치자의 정치적 권위는 흔들릴 것이다. 섭공의 주장에 대한 공자의 반응에서 흥미로운 점은, 공자가 효를 국가에 대한 도전으로 간주하기보다는 국가에 대한 충성과 양립 가능한compatible 어떤 것으로 간주하고 있다는 사실이다. 공자는 어떻게 친족 간의 효를 국가에 대한 충성과 양립시킬 수 있었을까?

역사학자 키스 냅이 지적한 바 있듯이, 단순히 효를 강조했다는 사실은 공자 사상의 특이점이 아니다. 공자에게 그나마 새로운 점이 있었다면 공자는 효의 대상을 대규모 친족 조직이 아니라 소규모 가족 단위라고 생각했다는 사실이다. 공자가 족보 같은 걸 만들어가며 친족을 대규모로 관리하라고 주장한 적도 없고, 조상신 덕 보라고 한 적도 없다. 즉 공자가 중시한 가족은 거대한 문중 조직 같은 것이 아니었던 것이다.

대규모 친족 조직에 대한 헌신(孝)은 국가에 잠재적 위협이 될 수 있다. 그러나 효의 대상이 대규모 친족 조직이 아니라 소규모 가족이 되자, 효라는 덕성은 더 이상 통치자에게 위협이 되지 않는다. 대규모 친족 조직과는 달리 소규모 가족은 통치자에게 도전할 만한 조직력을 갖추고 있지 않기 때문이다. 친족이 대규모로 조직화되지 않고 소규모로 파편화되어 있는 한, 통치자에게 쉬운 지배 대상이 된다.


## 새로운 사회적 합의 필요?


2019년 5월 13일자《한겨레》기사를 보면, 현재 한국의 요양원 대다수는 죽음의 길로 방치되는 현대판 고려장에 불과하다. 평생 위태롭게 지켜왔을 삶의 존엄을 마지막 한 방울까지 짜내어버리게 되는 곳. 사전 동의 없이 시작된 삶이었으나 삶을 포기하지 않았던 이들, 많은 것을 통제할 수 없었던 삶이었으나 민폐가 되지 않기 위해 노력했던 이들이 결국 물건이 되고 마는 곳. 이 사태를 방치하지 않기 위해서는 파편화된 가족 내 효 실천을 넘어서는 국가의 좀 더 조직적인 대책이 필요하다. 공자가 국가가 지배하기에 상대적으로 용이한 소규모 가족 단위를 중시했다는 이유로 공자를 국가주의의 선구자쯤으로 간주하는 견해가 있다. 그러나 『논어』 속 공자는 대개 국가의 과도한 활동을 제한하는 편이었다. 실로 『논어』에서는 과도한 세금 징수나 국가의 무력 수행 등에 반대하는 공자의 언명을 어렵지 않게 찾을 수 있다.

한 걸음 더 나아가 현대인들이 국가가 의당 처리해주어야 한다고 믿는 사안, 이를테면 가족 내의 분쟁 조정이나 복지조차도, 가족 내에서 처리하겠다는 태도를 공자는 보여준다. 비국가 영역이 많은 사회적 기능을 떠맡는다는 점에서, 공자가 이상적으로 생각한 국가는 '작은 국가'임에 틀림없다. 공자의 이상 국가는 구성원들의 상호작용을 통해 덕을, 바람직한 성정을 기를 수 있는 공동체이지, 법이 삶의 국면마다 개입하는 '거대한' 조직이 아니다.

일상의 삶을 지탱하는 데 필요한 위생, 교육, 복지, 육아,

노인 돌봄 등을 어떻게 해결할 것인가. 당사자, 가족, 사회, 국가 가운데 누가 어떻게 무엇을 얼마나 나누어 맡아야 하는가. 이는 공자의 시대 혹은 그 이전부터 인류가 고민해온 문제이며 매 시대 조건은 끊임없이 바뀌기 때문에, 이 문제는 시대마다 새로운 답을 요구한다. 새로운 답에 대한 사회적 합의는 아직 이루어지지 않은 채로, 21세기 한국에서도 여전히 많은 아이들이 동의 없이 태어나고, 많은 노인들이 동의 없이 요양원으로 실려 간다.

섭공이 공자에게 말하였다. "우리 쪽에는 자신을 바르게 하는 사람이 있습니다. 아버지가 양을 훔치게 되면, 아들은 그렇다고 증언합니다." 공자가 말하였다. "우리 편의 곧은 사람은 이와 다릅니다. 아버지는 자식을 위해 숨겨주고, 자식은 아버지를 위해 숨겨줍니다. 곧음은 그 가운데 있습니다."

葉公語孔子曰, 吾黨有直躬者, 其父攘羊, 而子證之. 孔子曰, 吾黨之直者異於是, 父爲子隱, 子爲父隱. 直在其中矣.

『논어』「자로」 18

# 하지 않는 것이
# 하는 것이다

## 無爲
### 무위

지금도 기억이 또렷한데, 카를 야스퍼스의 책을 강독하던 수업이었다. 선생님은 독일어판을, 학생들은 영어판을 가지고 강독했다. 나는, 혀를 유난히 굴리며 영어 발음하는 이들을 꼴 보기 싫어하던 촌스러운 당시 대학생들 중 하나였다. 발음이야 그렇다 치고, 그래도 영어책은 자유롭게 읽을 수 있어야 하지 않겠나 하는 생각이 들어서 그 수업을 수강했다. 어느덧 기말시험 때가 되었고, 시험 감독을 하러 들어온 선생님은 전혀 예상하지 못했던 이야기를 시작했다.

"여러분은 지금 군사독재 정권이 물러나야 한다고 한창 데모 중이지 않습니까? 군사정권의 수뇌들은 대개 사관학교 출신이지요. 여러분이 비판하는 그들은 사관생도 시절에 명예시험이라는 것을 치른다고 합니다. 시험 감독이 없더라도 자신들의 명예를 걸고 부정행위 없이 시험을 치른 뒤에, 스스로 답안지를 걷어 선생님에게 제출한다고 합니다. 여러분들이 군사독재 정권한테 물러나라고 비판하려 한다면 적어도 그들보다 명예가 낮으면 안 된다고 생각합니다. 그래서 우리도 시험 감독 없이 명예시험을 치러봅시다."

선생님께서는 이렇게 말씀하시고는 열심히 시험 감독을 하시는 대신 창밖을 망연히 쳐다보며 한동안 서 있다가 급기야는 시험장을 떠나버렸다. 그리고 나는 그날 부정행위를 하는 학생을 아무도 보지 못했다.

세월은 흘렀고, 선생이 되어 교단에 선 나는 이제 행정부서로부터 '교과목 필기시험 관리 강화 방안 이행 철저 협조 요청'이라는 제목의 관료적인 공문을 받는다. "이미 전해 받으신 분들도 계시겠지만 어제 날짜로 필기시험 관리 감독과 관련해 교무처에서 추가 지침이 내려왔고…" 운운하는. 오늘날 대학은 시험 감독자의 위치는 물론 응시자 간의 좌석 이격 거리까지 관료적으로 지시하고 통보하는 곳이 되었다. 그리고 학생들은 신분증을 지참해야 하며, 본인 확인을 위해 신분증 대조를 해야 한다고 지시한다. 이러한 관료적 지시 사항이 현장에서 얼마나 잘 지켜지는지는 잘 알 수 없으나, 대학도 점점 관료적인 지시가 당연한 공간이 되어간다.

# 사실의 기술인가, 규범적인 주장인가

『논어』에는 행정 참여의 중요성을 강조하는 구절은 있어도 관료적인 지시나 행동을 권장하는 언명은 찾기 어렵다. 오히려 '가만히 있는 일'(무위無爲)을 종종 권장한다. 이를테면, 『논어』「위령공」 5에 나오는 다음과 같은 공자의 말을 보라. "굳이 무엇을 하지 않고도 다스린 사람은 아마 순임금일 것이다. 무엇을 하였는가? 자신을 공손히 하고, 바르게 남쪽을 향해 있었을 뿐이다."(無爲而治者, 其舜也與, 夫何爲哉, 恭己正南面而已矣.) 시험 감독을 하지 않고 창밖을 바라보았던 선생님처럼, 순임금은 행정에 분주하지 않고 남쪽을 바라만 보고 있었다는 것이다.

텍스트에서 이러한 묘사적인 서술을 마주했을 때, 우리는 그것이 단지 사실을 기술하는 문장인지, 아니면 사실 기술의 형식을 빌려 규범적인 주장을 하는 것인지 판단해야 한다. 순임금에 대한 묘사 역시, 모종의 원인에 의해 순임금이 별다른 행동을 하지 않고 가만히 있었다는 사실을 기술하고 있는 것인지, 아니면 행동을 최소화하고 있는 순임금의 자세를 찬양하고 권장하는 것인지 판별해야 한다.

먼저 중국 진晉나라 채모蔡謨의 견해를 살펴보자. 채모의 집안은 경서 연구의 전통으로 유명했다. 그래서 『수서隋

書」「경적지經籍志」는 그 집안에서 저술된『논어석論語釋』이라는 책 제목을 기록하고 있다. 아쉽게도 그 책은 지금 전하지 않는다. 다만 황간의『논어의소』에서 열 조항 정도 채모 집안의『논어』해석을 발견할 수 있다.

채모는 순임금에 대한『논어』구절에 대해 다음과 같이 풀이한다. 그가 특히 주목한 점은, 같은 성군이라고 해도 왜 요임금과 우임금은 열심히 행동한 데 비해 순임금은 아무 일도 안 할 수 있었느냐의 문제였다.

"요임금이 무위가 불가능했던 것은 그가 대를 이은 전임자가 성인이 아니었기 때문이다. 우임금이 무위가 불가능했던 것은 그가 자리를 넘겨주는 후임자가 성인이 아니었기 때문이다. 세 명의 성인이 이어질 때, 순임금은 그 가운데서 요임금을 잇고 우임금에게 넘겨주었다. 그러니 무엇을 새삼 하겠는가?"(堯不得無爲者, 所承非聖也. 禹不得無爲者, 所授非聖也. 今三聖相係, 舜居其中, 承堯授禹, 又何爲乎.)

채모가 보기에, 순임금이 별다른 일을 하지 않고 질서 있는 통치를 이룰 수 있었던 것은 요임금에게 왕위를 이어받아 우임금에게 물려주는 행운을 누렸기 때문이다. 즉 전임자와 후임자가 모두 성인급의 훌륭한 이들이었기에 그는 중간에서 별다른 법석을 피우지 않아도 되었다는 얘기다. 이러한 해석은 순임금의 무위를 특별히 찬양하거나 권하는 것이 아니다. 부산한 통치행위를 하지 않아도 되었던 역사적 경위를 설명할 뿐이다.

한편 『논어』의 다른 구절들을 살펴보면, 「위령공」5의 구절을 규범적인 성격을 가진 언명으로 볼 만한 근거들이 있다. 『논어』 「자로」 6에서 공자는 말한다. "자신이 바르면 명령을 내리지 않아도 행해질 것이고, 자신이 바르지 않으면 명령을 내려도 따르지 않을 것이다."(其身正, 不令而行, 其身不正, 雖令不從.) 이 구절은 무위의 상태가 규범적으로 바람직한 상태임을 비교적 분명히 말하고 있다.

명령하지 않아도 필요한 일들이 이루어지는 세계…. 주문하지 않았는데도 치킨이 배달되는 세계, 다이어트를 하지 않았는데도 날씬해지는 세계, 양념을 찍거나 붓지 않아도 탕수육이 저절로 입에 들어오는 세계라니, 이것은 복음이 아닌가. 우리는 내심 매사를 귀찮아하고 있지 않나. 누가 그랬던가, 우리가 일으킬 수 있는 '기적'은 오직 '밍기적'뿐이라고. 아무것도 하지 않아도 되는 '밍기적 유토피아'가 실현된다면, 이 세상의 모든 게으른 사람들에게 큰 축복일 것이다. 그러나 그 유토피아는 아무 일도 하지 않았기 '때문에' 만사형통하는 세계인가, 아니면 아무것도 하지 않았음에도 '불구하고' 만사형통하는 세계인가.

# 회전하는 세계의 고요한 중심점

　『논어』「위령공」5는 아무것도 하지 않았기 '때문에' 명령이 행해진 것이 아니라, 아무것도 하지 않았음에도 '불구하고' 명령이 행해진 것임을 보여준다. 아무것도 하지 않기 위해서는 자신이 바른 상태에 있어야 한다는 대가를 치러야 한다. 이러한 무위의 조건에 대해 비교적 명시적으로 말한 것은 『논어』「위정」편의 첫 문장이다. "정치를 덕으로 하는 것은, 비유컨대 북극성은 자기의 합당한 자리에 있고, 뭇별들이 그것을 둘러싸고 도는 것과 같다."(爲政以德, 譬如北辰居其所而衆星共之.) 즉 행동의 침묵에도 불구하고 질서 있는 통치를 구현하려면, 덕이 필요하다. 여기서 덕을 구현하며 고요히 군림하는 군주는, T. S. 엘리엇의 표현을 빌린다면, "회전하는 세계의 고요한 중심점"과 같은 존재이다.

　하지만 훌륭한 덕을 가진 군주라고 한들 정말 아무 일도 하지 않고 가만히 있어도 되는 것일까? 그래도 세상 일이 잘 돌아가는 것일까? 엘리엇조차도, 회전하는 세계의 중심점은 정지되어 있는 것도 아니고 움직이는 것도 아니기에 고정된 것으로 불러서는 안 된다고 노래했다. 이런 점에서 도조 이치도東條一堂의 『논어지언論語知言』의 설명은 시사적이다. 그는 당시 천문학 지식을 활용하여, 북극성이 결코 가만히 머물러 있지 않는다는 사실을 강조한다. 그는 북극과 북극성의 자리는 각도상 1도 반 떨어져 있으며, 북극성 역시 다른 별과 마찬가지로 자신의 자리를 축으로 하여 움직인다고 주장했다. 다만 그 회전 폭이 작아서 제자리를 지키고 있는 것처럼 보일 뿐이다(今按北極距北辰一度半. 有不動處, 是北極也. 北辰亦與衆星共旋轉. 而其所旋轉, 在距天樞一度半間. 故雖旋轉, 猶居其所也). 즉, 덕을 가진 군주마저도 무엇인가 하지 않을 수 없다는 것이다.

그러고 보면, 앞에서 언급한 순임금에 대한 구절 역시 그냥 아무것도 하지 않는 데 대한 묘사는 아니었다. '자신을 공손히 해야 한다'는 전제가 있었고, 바른 방향(군주의 경우, 남쪽)을 바라보고 있어야 한다는 조항이 있었다. 이런 점에서 보자면, 무위란 상대적인 침묵일 뿐, 강제적이고 과장되고 폭력적인 행동이 아닐 뿐, 행동의 완전한 침묵을 말하는 것은 아니다.


## 명시적으로 관료제 옹호하지는 않아

덕을 가진 군주라면 따라서 그 덕을 표현하기 위해서 무엇인가 하긴 해야 한다. 적어도 남쪽으로 난 창문을 바라보기라도 해야 하는 것이다. 『논어』에 따르면 군주가 해야 하는 대표적인 일은 의례의 수행이다. 이러한 무위와 의례의 이상이 동아시아 특유의 것은 아니다.

　이를테면 인류학자 클리퍼드 거츠가 발리의 국가를 설명하면서 덧붙인 다음과 같은 묘사를 보라. "궁정 의례에서 왕이 한 명의 행위자로 참여할 때 왕이 하는 일은 오롯이 부동자세를 취함으로써 엄청나게 활발한 활동이 일어나는 곳의 중심점에 한없는 정적을 투사하는 일이었다. 왕은 계속해서 여러 시간 동안 공허한 표정으로, 시선은 더욱 공허하게 둔 채 엄격하게 형식적인 자세를 유지하며 앉아 있었다." 거츠는 침묵하는 행동을 통해 이루어지는 전례의 세계를 묘사함으로써, 관료제 없이도 발리에 고도의 정치 질서가 존재할 수 있음을 증명했다.

　『논어』에는 행정의 필요를 인정하는 발언은 있어도 명시적으로 관료제를 옹호하는 발언을 찾기는 어렵다. 『논어』 주석사의 큰 아이러니는, 바로 행동의 침묵을 설파한 『논어』의 구절이 관료제의 적극적인 운용을 지지하는 방향으로 재해석되어갔다는 점이다. 이를테면 오규 소라이는 국가를 다스림에 있어 덕 있는 이들을 등용했기에 수고롭지 않게 다스릴 수 있었던 것이라고 해석했다(秉政而用有德之人, 不勞而治). 그리고 다산 정약용 역시 얼핏 무위처럼 보이는 통치는 그

일을 대신 잘해줄 수 있는 관료를 기용했기에 가능한 일이라고 해석했다. "순임금이 스물두 사람을 얻어 그들에게 각각 직책을 맡겨 천하가 이로써 잘 다스려졌다. (…) 그리하여 국가는 인재를 얻지 않을 수 없음을 극진히 말하였다."(舜得二十二人, 各授以職, 天下以治 … 所以極言人國之不可不得人.)

이 아이러니는 공자가 상상했던 이상적인 정치공동체와 후대 주석가들이 꿈꾸었던 바람직한 정치공동체의 모습이 달랐기에 발생하는 것이다. 후대 주석가들의 이러한 해석들은 공자가 꿈꾸었던 국가보다는 주석가들이 꿈꾸었던 국가의 모습에 대해 더 많은 것을 말해준다.

# 부러우면 지는 거,
# 아니 지배당하는 거다

## 威

위

　일본 정치사상사 연구의 권위자 와타나베 히로시渡辺浩 교수에 따르면, 일본 에도시대 도쿠가와 정권은 초월자에 대한 믿음을 정치적으로 위험하다고 간주했다. 그도 그럴 것이 자신을 넘어서는 초월자를 인정하게 되면, 그 초월자에 의지해서 자신의 권위를 넘보려는 사람이 나타날지 모른다. 그래서 도쿠가와 정권은 초월적 존재에 호소해서 자신의 지배를 정당화하는 대신, 그저 무력으로 자신들의 지배를 관철해나갔다. 그런데 전쟁에 이겨 정작 평화시대가 도래하자, 도쿠가와 정권은 싸움을 통해서 자신의 우월한 무력을 증명할 기회를 잃어버리게 되었다. 마치 군사정권이 몰락하고 민주화가 되자, 문민정부가 자신의 도덕적 우위를 증명할 기회를 잃어버리게 된 것처럼.

실제 싸울 수 있는 기회를 잃어버린 도쿠가와 정권 지배자들은 대신 단지 강하게 보이려고 하는 데 신경을 집중하게 된다. 이제 이미지가 관건이다. 그들은 점점 더 격식에 의존한 화려한 이미지를 통해 자신들이 얼마나 강하고 우월한 지배자인지 강조하고 확인했다. 어위광御威光이라고 불리는 이런 연극적인 이미지 창출 말고는 별다른 권력 정당화 작업에 신경 쓰지 않던 도쿠가와 정권은, 서양 제국주의라는 다른 강한 힘이 일본에 도래하자 정당화의 공백에 처하게 된다.

도쿠가와 정권이 사용한 이미지는 단지 무력의 표시였을까? 피지배층이 감복한 것은 무력 혹은 무력의 이미지라기보다, 그 이미지가 동반한 아름다움은 혹시 아니었을까? 때로 아름다움은 초월자의 존재나 논리적인 언술만큼이나 강력한 정당화 기제이다. 평소에 진정한 미인을 만나볼 기회가 없던 젊은이를 상상해보자. 그런 사람이 갑자기 대단한 미인을 마주치게 되면, 거의 정신줄을 놓게 되지 않을까? 아름다운 배우 강동원을 복도에서 마주치자, 느닷없이 자기도 모르게 울음이 터졌다는 체험담을 나는 들은 적이 있다. 울음까지는 터지지 않더라도, 적어도 미인이 하는 행동은 다 정당하게 느껴지지 않을까? 저 아름다운 이목구비의, 너무 가늘지도 굵지도 않으면서 영덕대게처럼 길게 뻗은 저 사지

四肢의 스펙터클을 보라. 저 정도의 아름다움이라면 느닷없이 지나가는 행인의 목덜미를 물어뜯고 흡혈을 해도 정당해 보일 거야. 느닷없이 내 따귀를 때리고 침을 뱉어도 정당할 거 같아….

## 단조로움과 화려함의 대조가 빚는 간극

이 땅에도 이러한 심미적 스펙터클의 연원이 깊다. 실로 이 땅의 사람들은 오래전부터 미美의 장관을 구경하고 누리고 싶어 했던 것 같다. 이를테면 조선 후기에 활동한 문인 윤기尹愭(1741~1826)의 「간완욕看玩欲」이라는 글을 보자.

그 글에서 윤기는 조선 사람들의 "보고 즐기려는 욕망"(看玩之欲)이 엄청난 수준에 달했다고 묘사하고 있다. 모든 흥미롭고 아름다운 것은 다 보고 즐길 대상이다. 그러나 그 욕망을 가장 활활 불타오르게 한 것은 바로 임금의 "거둥"(제사를 지내러 가는 행렬)이었다. 그 아름다운 장관을 구경하고 싶은 마음이 얼마나 강렬했던지, 거둥을 구경하러 나왔다가 길에서 애를 낳는 사람이나 누각에서 실족해서 떨어지는 사람까지 생길 정도였다고 한다(至或有在途解娩者, 有從樓跌墜者).

임금의 거둥을 구경하러 나왔던 이들은 자신들이 지배

층의 권력 정당화 과정에 홀리고 있다는 것을 알았을까? 19세기 말 고종 때 한국을 방문한 이사벨라 버드 비숍의 방문기에 따르면, 임금의 거둥을 보러 나온 구경꾼들은 스펙터클에 담긴 권력의 동학을 몰랐던 것 같다. 비숍이 화려하고 극적인 과시라고 평한 임금의 "거둥"에 대한 묘사를 살펴보자. "거둥의 행로에는 수만 명의 사람들이 경건한 정적 속에서 자발적으로 모여든다. 그들의 태도는 이 훌륭한 연중행사가 최대한 빛나게 되기를 진심으로 바라는 것 같았다. 이 같은 사람들의 태도를 이해하려면 서울의 단조로움을 말해야 할 것 같다. (…) 이 모든 단조로움과 특색 없음에 대조되어 거둥은 태양처럼 빛을 발한다."

적어도 비숍이 보기에, 모여든 사람들은 이 연중행사의 성공을 진심으로 빌었다. 그리고 거둥이 아름다울 수 있는 이유는 거둥 이외의 세상이 아름답지 않은 데 있다. 마치 모든 사람이 흑백 티브이를 볼 때에야 비로소 컬러 티브이의 색상이 태양처럼 빛나는 것처럼, 보통 사람들이 단조로운 외관을 하고 있어야 비로소 거둥의 스펙터클이 가진 화려함이 빛났던 것이다.

단조로움과 화려함의 대조가 빚는 간극이야말로 피지배층과 지배층의 간격이다. 지배층은 자신의 아름다움과 화려함이 두드러지도록, 피지배층이 초라하고 단조로운 상태에 머물기를 바란다. 그리하여 피지배층이 지배층의 아름다움을 동경하는 순간, 그 피지배층은 지배층의 지배와 사회의 위계질서를 감수하기 시작하는 것이다. 마치 아름다운 사람이 뱉는 침과 그가 때리는 따귀라면 감수할 용의가 있는 것처럼. 부러우면 지는 거다. 아니, 부러우면 지배당하는 거다.


## 조선시대 '처벌의 스펙터클'


군주제를 벗어난 오늘날 한국에서도 조선시대 임금의 거둥의 위력은 계속된다. 임금의 거둥이나 그 밖의 다른 행렬의 화려한 모습은 조선왕조 의궤儀軌에 남아서 사람들의 관심을 끈다. 그리고 이른바 민족문화의 정화로서 종종 칭송된다. 프랑스군에 약탈되어 프랑스국립도서관으로 이관된 외규장각 의궤를 돌려받기 위한 각계의 떠들썩한 노력과 언론의 보도가 아직도 기억에 생생하다.

그런데 미인이 사용하는 고운 화장품과 화려한 의상이 비싼 것처럼, 모든 스펙터클에는 돈이 들기 마련이다. 그렇다면 거둥과 같은 전례 행사에 들어가는 비용은 얼마나 되었을까? 비숍의 추정에 따르면, "이 성대한 행사를 위해 왕국의 작은 재원에 2만 5천 실링의 무거운 부담이 지워지는 것으로 추정되었다". 제국주의 국가들의 침략을 의식해 급격히 군비를 증강했던 고종 시대에조차도, 황실 전례에 관계된 비용은 군비에 버금갈 정도로 막대했다. 지배를 위한 스펙터클은 임금의 거둥만 있는 것은 아니다. 형벌의 집행도 예전에는 스펙터클이었다. 이를테면 푸코의 『감시와 처벌』은 루이 15세를 시해하고자 한 죄인의 처형이 얼마나 거창한 스펙터클의 예식이었는지 묘사하면서 시작한다. 푸코의 표현을 빌리자면, 그런 예식은 "권력의 과도하면서도 규칙적인 과시를 만들어내는 일"이자, "호사스러운 세력 과시였으며, 권력이 원기를 회복할 수 있는 과장되면서도 동시에 규범화한 '소비 행위'였다". 푸코가 보기에, 유럽에 본격적인 근대가 도래하기 이전 권력이 자신을 행사하고 재확인하는 방식의 특징은 과잉과 과시로 가득 찬 '소비 행위'였던 것이다.

조선에서도 처벌의 스펙터클이 존재했다. 갑신정변의 주인공 김옥균의 시신이 강화도 양화진에서 공개적으로 능지처참을 당하고, "모반謀反 대역부도大逆不道 죄인 옥균玉均 당일 양화진두楊花津頭 능지처참"이라고 쓰인 천을 걸고 저잣거리에 효시되었을 때, 그것은 처벌의 스펙터클이었다. 그뿐 아니다. 다른 중죄인들도 의금부에 투옥되었다가 추국청推鞫廳에서 물고를 당했는데, 그것은 1987년 남영동 대공분실에서 조용히 진행되는 고문과는 달리, 사람들에게 보여주기 위한 그 나름의 스펙터클이기도 했다. 지방 관청도 마찬가지이다. 비숍은 부산 관청에서의 상황을 "포졸들은 거기서 야수적인 채찍질로 범인을 때려죽이며, 그 고통에 찬 울부짖음은 인접한 영국 선교소의 방까지 마구 파고든다"고 묘사한 적이 있다. 채찍질은 바라보는 사람들을 전율케 하는 데 그치지 않고, 소리를 통해 더 넓은 곳까지 스펙터클의 효과를 전한다.

## 예의 의미가 확장되고 변천하는 과정

윤기의 문학적 묘사에 따르면, 이런 조선 땅에서 임금의 거둥을 보러 나온 어떤 만삭의 여인이 있었다는 것이다. 출산이 임박했지만 화려한 구경거리를 놓치고 싶지 않아 기어이 거리로 나왔다고 한다. 거리에서 해산을 하게 된 지경에 이른 것을 보면, 아마 양반가의 여인은 아니었던 것 같다. 그 여인의 몸에서 태어나 고고呱呱의 성聲을 지를 아기의 관점에서 조선 사회를 바라보기로 하자. 마치 귄터 그라스가 『양철북』에서 난쟁이 오스카의 관점에서 혼란에 찬 독일 사회를 바라보았듯이.

폴커 슐뢴도르프 감독은 『양철북』을 영화화하면서, 태어나기 직전의 오스카가 엄마의 뱃속에서 세상을 바라보는 장면을 실제로 삽입한 적이 있다. 양수가 터진 엄마의 체모 너머로 보이는 너덜너덜한 당시 독일 사회. 이제 우리도 임금의 거동 구경꾼들 한가운데서 태어난 신생아의 관점에서 조선시대를 그린 영화를 만들 필요가 있다. 『양철북』에서 오스카가 생일 선물로 받은 양철북을 두드리고 고성을 지르며 독일 사회의 모순을 고발했다면, 이 조선의 반영웅anti-hero은 계룡산의 요다에게 수련을 받은 뒤, 검은 갓을 턱 밑까지 푹 눌러쓴 다스베이더가 되어 조선 사회의 모순을 고발하는 것이다. 빈자貧者들의 신음에도 불구하고 지배의 스펙터클에 골몰하고 있는 양반들을 광선검으로 베면서 조선의 다스베이더는 말하는 거다, "나는 너의 [아비가 아니라] 노비다."(I am your nobi.)

쓰러져가던 조선의 양반들이 받들어 모셨던 공자 역시 지배의 스펙터클에 대해 고민한 사람들 중 하나였다. 공자가 깊은 관심을 둔 예禮라는 것은 그 기원을 적어도 상나라 시대에 성행한 제사로 소급할 수 있다. 중국 고대에 이루어진 신에 대한 제사에 스펙터클의 요소가 강했다는 것은, 그 당시 쓰인 청동 제기들의 크기와 무게로부터 미루어 짐작해볼 수 있다. 상나라 때 청동 제기 중 무거운 것은 875킬로그램에 달한다. 그리고 그 정도로 큰 규모의 청동기 생산은, 그만한 자원을 동원할 수 있을 만큼 정치권력이 집중화돼야 가능하다. 그리고 그 크고 화려한 청동기들은 집중화된 정치권력의 정당화를 위해 사용됐다. 요컨대 상나라의 예는 정치적 목적을 가지고 신과의 교통을 자임한 스펙터클이었다.

『논어』「안연」1에 나오는 "예가 아니면 보지 말고, 예가 아니면 듣지 말고, 예가 아니면 말하지 말고, 예가 아니면 움직이지 마라"(非禮勿視, 非禮勿聽, 非禮勿言, 非禮勿動) 같은 구절은, 예가 더 이상 신에게 제사 지내는 스펙터클에만 국한되는 것이 아니라는 사실을 보여준다. 『논어』에 나오는 예에 관련된 여러 구절은, 예의 의미가 인간 사회에서 이루어지는 몸짓까지 미시적으로 규율하게끔 확장됐음을 보여준다. 즉 신에게 바치는 제사에서 인간관계를 규율하는 행동거지로 예의 의미가 확장되고 변천하는 과정에서, 예의 '규모'에 관한 한, 거시에서 미시로의 전환이 일어난 것이다. 과거의 많은 학자들은 이것이야말로 공자의 창의적인 공헌이라고 종종 주장해왔다. 그러나 과연 그러한 전환이 공자의 창의적인 발상이었을까?

안연이 인仁에 대해 여쭈었다. 선생님께서 말씀하셨다. "자신을 이기고 예禮로써 남을 대하는 것이 인仁을 실천하는 것이다. 하루라도 자신을 이기면 천하가 인으로 향한다. 인을 실천한다는 것이 자기로부터 말미암는 것이지, 남으로부터 말미암는 것이겠는가?" 안연이 말하였다. "그 [실천] 항목에 대해 여쭙습니다." 선생님께서 말씀하셨다. "예가 아니면 보지 말고, 예가 아니면 듣지 말고, 예가 아니면 말하지 말고, 예가 아니면 움직이지 마라." 안연이 말하였다. "제가 비록 노력이 부족하기는 하나 이 말씀을 받들고자 합니다."

顏淵問仁. 子曰, 克己復禮, 爲仁. 一日克己復禮, 天下歸仁焉. 爲仁由己, 而由人乎哉. 顏淵曰, 請問其目. 子曰, 非禮勿視, 非禮勿聽, 非禮勿言, 非禮勿動. 顏淵曰, 回雖不敏, 請事斯語矣.

『논어』「안연」1

# 너의 존재는
## 거짓이 아니다

事

사

오늘날 많은 젊은이들에게 공자는 그저 진부한 상징이다. 정우성급의 미남이 아닌 한 개량 한복을 입고 소개팅에 나가 공자님 운운하면 다음번 데이트 약속을 잡기 쉽지 않을 것이다. 간신히 데이트를 해서 열애에 빠졌다고 해도, "공자 가라사대" 운운하면 천년의 발정도 식을 것이다. 연애가 무르익어 프러포즈를 하게 되더라도, "도가 같지 않으면, 서로 도모하지 않는다"(道不同不相爲謀)는 『논어』 「위령공」 구절을 읊지 말라. 차라리 "내가 죽으면 사랑하는 당신이 홀로 남겨질 것이기에, 아무리 지쳤어도 나는 죽지 않소"라는 셰익스피어의 소네트를 읊어라. 그렇게 하는 게 승낙 받을 확률이 높다.

한때 시대와 불화했던 당대의 힙스터였던 공자가 이런 지경이 된 데에는, 중국이 공자의 이미지를 정치 선전 도구로 사용해온 오랜 전통, 그리고 그 전통에 대한 5·4신문화운동의 비판 탓이 크다. 그리고 오리엔탈리즘으로 무장한 서구인들 역시 동양을 치매에 걸린 거인처럼 묘사하는 과정에서 공자를 보수의 아이콘으로 만들었다. 동양인들은 옛것을 좋아하며, 그것을 갱신할 내적 동력이 없어, 동양인들의 삶의 풍경은 바뀌지 않아, 움직이지 않는 마차에 앉아 있는 거 같아… 그러한 과정을 거치면서 공자는 소위 동양 문화의 진부한 보수성을 상징하게 되었다.

이런 맥락에서 주로 거론되어온 『논어』의 구절이 바로 「술이」편 처음에 나오는 "전술傳述하되 창작하지는 않는다"(述而不作)라는 공자의 말이다. 이러한 공자의 '보수적인' 생각을 비웃어댄 사람은 일찍부터 있어왔다. 이를테면 묵자는 이렇게 말했다.

"옛날에 예羿는 활을 만들었고, 여仔는 갑옷을 만들었으며, 해중奚仲은 수레를 만들었고, 교수巧垂는 배를 만들었다. 그렇다면 지금 가죽, 갑옷, 수레, 배를 만드는 이는 모두 군자가 되고, 그것들을 처음 만든 예, 여, 해중, 교수는 모두 소인이란 말인가? 사람들이 지금 따르고 있는 것은 언젠가 누군가 새로 만든 것임에 틀림없다." 즉, 새로 만들지 말고 옛것을 따르라는 공자의 생각은 말이 안 된다. 그 좋다는 옛것도, 그게 출현할 당시에는 새로 만든 것이었을 테니까.

물론 이런 묵자의 비판은 공정하지 않다. 공자가 옛것이라고 무턱대고 다 좋다고 말한 것은 아니므로. 공자는 여러 옛것 중에서 특히 주周나라 초기 문화를 찬양했다. 공자에 따르면, 주나라 초기 문화는 죽은 조상보다는 살아 있는 사람들에게 초점을 맞추었고, 혈통보다는 덕성을 중시했고, 과도한 비용을 들이지 않고 예를 수행하는 것을 강조했고, 허례허식보다는 진심 어린 태도를 구현하고자 했다. 따라서 우리는 그 찬란했던 문화로 돌아가야 한다.

## 후대의 판타지를 희미한 과거에 투사

공자의 이런 복고적 태도를 근본적으로 재고하게끔 만드는 혁신적인 주장이 학계에서 제기되었다. 중국 고대사 전문가 로타 폰 팔켄하우젠이 공자가 주나라 초기에 융성했다고 간주한 이상적 문화의 모습이, 공자가 말한 것보다 훨씬 근近과거의 모습임을 밝혀낸 것이다. 그에 따르면, 주나라 성립 후 첫 두 세기 동안 주나라는 근본적으로 상商나라(약 B.C.1600~B.C.1046) 전통을 답습했다.

서주西周 후기, 즉 기원전 850년께에 이르러야 비로소 주나라 사람들은 자기 나름의 예에 기초한 새로운 질서를 고안해냈다. 그리고 이러한 변화의 원인은 종족 조직 내의 변화와 인구 변동을 반영한 것일 가능성이 있다고 팔켄하우젠은 주장했다. 즉 공자가 주나라 초기 문화의 특징이라고 말했던 내용은 사실 공자의 생전보다 두 세기 전부터 시작하여 공자 당시, 그리고 공자 사후 반세기 정도 시기까지 지속되었던 공자 당대의 문화였던 것이다. 요컨대, 공자는 자신의 생각을 펼치는 과정에서 먼 과거의 전통을 충실히 계승했다기보다는 자기 당대에 유행한 어떤 흐름에 과거의 이름을 덧씌운 것이다.

『논어』에 나온 말들을 금과옥조로 모셔오던 사람들은 이런 파격적인 주장을 선뜻 받아들이기 어려울 것이다. 그러나 까칠하기로 유명한 학자 팔켄하우젠은 자기 주장의 설득력을 높이기 위해 키우는 개 불알에 붙은 진드기를 떼는 것 같은 집요한 자세로 청동기 관련 데이터를 집적하고 분석했다. 다시 말해서 팔켄하우젠은『논어』라는 문서 자료에만 의존하지 않고, 청동기 유물 같은 물리적 자료까지 철저히 고증했기 때문에 그토록 혁신적인 주장을 할 수 있었던 것이다. 마치 문서 자료에만 의존해온 기존의 한국 경제사 연구를 넘어서기 위해 후대 학자들이 전국을 돌아다니며 통계 자료를 구축했던 것처럼. 그리고 문서 자료 읽기에 치중해왔던 기존 중국 역사 연구를 넘어서기 위해 하버드대학에서 40만 명에 가까운 방대한 중국 역사 인물 데이터베이스를 구축한 것처럼.

이제는 제한된 문서 자료만 들여다보고 있다고 역사 연구를 잘할 수 있는 시대는 끝났는지도 모른다. 차세대 학자들은 디지털 기술을 활용하여 방대한 양적 데이터베이스를 구축해야 하고, 통계 처리된 결과를 해석할 수 있어야 하고, 일반 문서와는 사뭇 다른 물리적 자료들을 다룰 줄 알아야 하고, 양적 데이터를 활용하는 사회연결망 분석 프로그램 사용법을 배워야만 하는 처지에 놓인 것으로 보인다. 그러나 이것이 곧 기존 연구에서 핵심적이었던 텍스트 정밀 독해를 완전히 대신하는 것일까?

팔켄하우젠은 청동기 연구의 역사적 가치를 증명하는 데 그치지 않고 한 걸음 더 나아가 『논어』에 나온 공자의 언명을 과감하게 재단하기까지 한다. 그에 따르면 주나라 초기 문화를 찬양한 공자의 언명은 일종의 허구이며, 후대의 판타지를 희미한 과거에 투사한 것에 불과하다. 심하게 말하면, 팔켄하우젠은 『논어』에 나오는 주나라 문화에 대한 찬양을 아무런 실증적 근거가 없는 공자의 대뇌 망상에 불과한 것으로 간주했다.

## 공자의 언명은 예술적 재현일 가능성 높아

팔켄하우젠의 이러한 냉정한 평가는 그가 신봉하는 실증적 정신을 잘 보여주지만, 과연 이것이 『논어』 텍스트에 대해 내릴 수 있는 가장 바람직한 결론일까? 통계 자료나 물리적 사료로부터 얻어낸 발견들을 충분히 고려하는 동시에, 『논어』 텍스트를 좀 더 풍요롭게 해석할 수 있는 다른 접근법은 없는 것일까? 어쩌면 우리는 그 케케묵은 텍스트 정밀 독해로 결국 다시 돌아갈 필요가 있는지 모른다.

고전의 정밀 독해에 임하는 사람들은, 텍스트를 반드시 실증적인 차원의 보고서로 다루지는 않는다. 많은 텍스트들은 실증적 차원을 넘어선, 어떤 면에서는 '예술적'이라고 부를 만한 다차원적 언술로 가득 차 있다. 『논어』에 나온 주나라 문화에 대한 공자의 언명 역시 주나라 문화에 대한 실증적인 차원의 기록이라기보다는 일종의 예술적인 재현 representation일 가능성이 높다. 그렇다면 예술적 재현이란 도대체 무엇인가?

그룹 빅뱅의 지드래곤은 "박물관에서 프랜시스 베이컨의 작품을 보고 있었는데 이상하게 나한테는 야하게 느껴지더라. (⋯) 음악을 만들면서 그 작가의 그림을 찾아보며 이래저래 영감을 많이 받았다"고 말한 적이 있다. 뭉개진 얼굴을 그린 인물화로 유명한 프랜시스 베이컨의 어느 부분이 야하게 느껴졌을까? 베이컨은 생전에 가학적이며 피학적인 성관계로 유명한 예술가였고, 아무리 그림으로 돈을 많이 벌어도 자청해서 매춘에 종사하기까지 한 평범하지 않은 사람이었다. 그러나 그렇다고 해서 그의 그림이 야해지는 것은 아니다. 누군가 야할 때는, 그가 어떤 한계를 시험할 때다. 베이컨의 그림은 어떤 한계를 시험했나?

인간의 이목구비를 강한 붓질로 휘저어버린 베이컨의 그림에 대해, 질 들뢰즈는 대상을 그린다기보다 대상을 가능케 하는 힘을 그린다고 말했다. 그럼에도 불구하고 베이컨은 추상을 그리지 않고, 구체적인 그 무엇을 그렸다. 아무리 거칠게 그 누군가의 이목구비를 알아볼 수 없을 정도로 휘저어버릴지라도, 재현의 대상이 된 누군가가 거기에 오롯이 있다. 그래서 소설가 밀란 쿤데라는 베이컨의 그림에 대해 이렇게 말한 적이 있다. "왜곡에도 불구하고 베이컨의 그림들은 대상을 닮아 있다. (…) 베이컨의 초상화는 자아의 한계에 대한 질문이다. 어디까지 왜곡해도 개인은 그 자신을 유지할 수 있는가? 자신이 자신이기를 그치게 되는 경계는 어디인가?" 이러한 맥락에서, 오더블유제이O.W. J.라는 필명의 평론가는 "프랜시스 베이컨의 그림은 자아의 경계가 어느 지점인지를 시각적으로 확인하는 지표"라고 단언했다.

## 재현은 드러내는 동시에 감춘다

이러한 자아의 한계에 대한 실험은 졸업 사진을 찍는 현장에서도 벌어진다. 졸업을 앞둔 많은 학생들은, 사진 촬영 당일 아침에 미용실에 가서 일생에서 가장 진한 화장을 하고 캠퍼스에 나타난다. 대학 시절 내내 그 학생들이 그 정도로 화려한 화장과 스타일링을 한 것을 본 적이 없기에, 나는 그 학생들이 다가와 인사를 해도 누군지 쉽게 알아보지 못한다.

그렇다고 그 학생들이 무작정 자신을 탈바꿈하기만 하는 것은 아니다. 졸업 사진이 갖는 딜레마는 자신이 최대한 예쁘게 나와야 하는 동시에, 대학 시절 기록물이므로 자신이 누군지 알아볼 수는 있게끔 나와야 한다는 것이다. 화장을 하지 않으면 예쁘게 찍히지 않고, 지나친 화장으로 자신의 얼굴을 심하게 왜곡해버리면, 아무도 졸업 앨범에서 자신을 알아보지 못할 것이다. 그래서 그들은 화장을 하며 자아의 한계에 대해 묻는다. 어디까지 화장을 할 때, 나는 내 자신을 유지할 수 있는가? 졸업 사진이란 그런 자아의 한계를 탐구한 예술적 재현물이다.

주나라 문화에 대한 공자의 태도 역시 선택적이었다. "그 중 좋은 것을 택하여 따른다."(擇其善者而從之, 『논어』 「술이」 22) 자신의 거친 피부를 그대로 보고하는 것이 졸업 사진의 목적이 아니듯이, 주나라 문화를 실증적으로 보고하는 것이 공자의 목적은 아니었다. 어떻게 하면 후대의 모범이 될 만한 모델을 주나라 문화라는 이름으로 재현할 것인가가 공자의 목적이었다. 그렇다면 『논어』에 나오는 공자의 언명이 고고학적 증거와 일치하지 않는다고 해서 공자를 대뇌 망상가라고 서둘러 결론 내릴 필요는 없다.

우리는 인간에게 불을 전해준 죄로 독수리에게 간을 쪼아 먹히는 형벌을 받게 된 프로메테우스 신화를 읽을 때, 어느 학자처럼 "그 쪼이는 고통도 컸겠지만 간이 제 기능을 하지 못해서 체내 암모니아의 농도가 높아졌을걸. 그거 때문에 더 힘들었을 거야"라고 가르칠 필요는 없다. 신문 칼럼란에 나와 있는 필자의 증명사진이 실제보다 너무 젊어 보인다고, 당신은 뱀파이어냐고 따져 물을 필요도 없다. 평생 남을 졸업 사진을 잘 찍기 위해 정성껏 화장을 하고 나온 학생에게, 짙게 화장한 너는 평소 모습과 다르므로, 너의 존재는 거짓말이다, 라고 폭언을 할 필요도 없다. 재현은 실증이 아니다. 재현은 드러내는 동시에 감춘다.

선생님께서 말씀하셨다. "전술傳述하되 창작하지는 않으며, 옛 것을 믿고 좋아한다. 삼가 그러한 나를 우리 노팽에 견주어본다."

子曰, 述而不作, 信而好古, 竊比於我老彭.

# 지구의 영정 사진 찍기

## 再現

재현

이제 점점 한갓 사교장 혹은 성추행 장소가 되어가는 이 땅의 장례식장에서 유일하게 맑은 정신을 유지할 수 있는 때는 돌아가신 분의 영정 사진 앞에 서는 순간이다. 그 순간 향불 너머의 영정 사진이라는 재현물representation은 두 가지를 동시에 말한다. 이제 이 사람은 이 세상에 없다는 것, 그리고 이 사진을 보는 당신은 그를 상기해야 한다는 것. 부재를 인정할 때에야 비로소 받아들이게 되는 어떤 현존이 거기에 있다.

이 영정 사진을 애써 일찍 준비하고자 했던 망자를 생각한다. 이 사람은 칠순을 넘기면서부터 늘 자신의 영정 사진을 찍어두고 싶어 안달했지. 자신의 주검에 인사하러 오는 문상객들에게 추한 모습을 보이고 싶지 않아 했지. 망각의 바다로 건너가기 전에 잠시 서성거리는 이 장례식장에서 자신의 이미지를 통제하고 싶어 했지. 자신의 데스 마스크(사람이 죽은 직후에 얼굴을 본떠 만든 안면상)가 곧 영정 사진이 되기를 원하지는 않았지. 온화하고 품위를 잃지 않은 모습을 영정 사진에 담고 싶어 했지. 가능하면 젊어 보이는 사진을 남기고 싶은 나머지 포토샵 프로그램으로 이미지 보정을 부탁했지.

영정 사진은 망자를 상기시키기 위해 거기에 있지만, 영정 사진이 곧 망자는 아니다. 즉 재현은 그 어떤 대상을 상기시키지만 그 대상 자체는 아니다. 어떤 풍경화도 그것이 표현하는 풍경 자체는 아니다. 어떤 나라의 지도도 그것이 가리키는 나라 자체는 아니다. 어떤 지구본도 지구 자체는 아니다. 호르헤 보르헤스는 이 점을 혼동하면 얼마나 어처구니없는 일이 벌어지는지 일종의 사고실험을 통해 보여주었다.

누군가 현실을 완벽하게 재현하는 궁극의 지도를 만들겠다고 꿈꾼다. 그는 실제의 풍경과 모든 점에서 일대일로 정확하게 대응하는 지도를 만들기 시작한다. 그의 작업이 성공적으로 진행되면 될수록 그 지도는 점점 더 커져간다. 그래서 마침내 지도가 현실과 완벽하게 조응하게 되었을 때, 그 지도의 크기는 현실과 똑같은 크기가 된다. 문제는 그렇게 큰 지도는 들고 다닐 수도 없다는 것이다. 게다가 현실과 똑같다면 그냥 현실을 들여다보면 되는데, 무엇 하러 똑같은 크기의 지도를 들여다보겠는가?

## 현실에 '대하여' 재현하기

역사 역시 지도처럼 재현이다. 따라서 우리는 역사에 대해서도 보르헤스의 사고실험을 적용해볼 수 있다. 조선시대에 관한 연구자 한 명이 조선시대를 완벽하게 재현하는 역사책을 쓰겠다고 마음먹는다. 그리하여 『조선왕조실록』, 『승정원일기』, 『비변사등록』, 『추안급국안』 등 모든 관련 자료를 섭렵하기 시작한다. 그리하여 그는 (사료 역시 재현이지만) 실제 사료와 모든 점에서 일대일로 정확하게 대응하는 아주 상세한 역사서를 쓰기 시작한다. 그의 작업이 성공적으로 진행되면 될수록 그의 역사책은 점점 더 두꺼워져간다. 그래서 마침내 그 역사책이 현존하는 조선시대 사료와 완벽하게 조응하게 되었을 때, 그 역사책의 분량은 현존하는 사료의 분량과 똑같게 된다. 문제는 그렇게 두꺼운 역사책은 수십 년이 걸려도 다 읽을 수 없다는 것이다. 게다가 사료와 똑같다면 그냥 사료를 들여다보면 되는데, 무엇 하러 똑같은 분량의 역사책을 들여다보겠는가?

흥미롭게도 정치학의 '대의代議'라는 용어는 예술에서 '재현'이라는 용어와 마찬가지로 'representation'을 번역한 것이다. 따라서 우리는 대의민주주의에 관해서도 보르헤스의 사고실험을 적용해볼 수 있다.

어느 정치인이 민의를 완벽하게 대변하는 궁극의 민주 정치를 실현하겠다고 꿈꾼다. 그리하여 그는 실제의 국민들 뜻과 모든 점에서 일대일로 정확하게 조응하는 정책을 만들기 시작한다. 그의 정책이 자신의 이상에 접근하면 접근할수록, 그의 정책집은 점점 더 자세하고 두꺼워진다. 그래서 마침내 그의 정책이 모든 국민의 뜻에 일일이 완벽하게 조응하게 되었을 때, 그 정책집은 어마어마하게 복잡하고 큰 문건이 된다. 문제는 그런 정책은 한번 설명하는 데만도 10년이 넘게 걸린다는 것이다. 게다가 국민 개개인의 뜻과 정책이 정확히 일치한다면 그냥 국민을 일일이 찾아가서 물어보면 되는데, 무엇 하러 똑같은 시간을 들여 그의 정책안을 들여다보겠는가?

재현이란 어떤 대상이 부재하다는 전제 속에서 그 대상의 대체물을 제시present하는 것임을 기억한다면, 이런 모사의 강박에서 좀 더 자유로워질 수 있다. 즉 재현 행위는 해당 대상을 그대로 구현할 수는 없음을 인정한 상태에서 그 대상을 '대신'하고자 하는 것이다. 그래서 역사학자 프랑크 안

커르스밋은 재현을 모사와 동일시하지 말고, 좀 더 창의적이고 예술적인 자세를 취하라고 권고한다. 현실을 모사하려고만 하는 이는 늘 '더 진짜인' 현실에 패배할 수밖에 없다. 이런 식이라면 세상의 모든 화가와 사진사는 연속되는 패배에 지쳐 우울증에 걸리고 말 것이다. 실로 모사는 재현이 현실과 맺을 수 있는 하나의 관계에 불과하다. 더 창의적인 재현은 현실'을' 모사하고자 하는 집착을 버리고, 현실에 '대하여' 재현하려 든다. 영정 사진이 얼마나 훌륭한지는, 그 영정 사진이 망자의 검버섯 하나하나를 얼마나 핍진하게 보여주고 있느냐에 의해 결정되는 것이 아니라 망자에 '대하여' 얼마나 잘 이야기해주고 있느냐에 의해 결정된다.

## 신의 뜻을 재현하려 한 중국 고대 정치

역사도 마찬가지이다. 과거를 그대로 복제하는 데 치중하는 역사서는 모사의 관점에서는 훌륭할망정 창의적인 재현으로서는 불충분하다고 할 수 있다. 진정으로 뛰어난 역사책은 해당 과거를 그대로 복제해서 전시하려 들지 않고, 보여주고 싶은 어떤 특질을 이야기의 형식을 빌려 설득력 있게 전달해준다. 과거를 복제하려고만 드는 역사가는 늘 '더 진짜인' 사료에 패배할 수밖에 없다. 이런 식이라면 역사가는 패배하기 바쁜 나머지 자신의 역사책을 결국 탈고할 수 없을 것이다. 역사서가 얼마나 훌륭한지는 사료를 얼마나 핍진하게 반복하고 있느냐에 의해서 결정되는 것이 아니라 과거에 '대하여' 얼마나 잘 이야기해주고 있느냐에 의해 결정된다. 그 과정에서 사료는 필수 불가결한 밑바탕이지만, 역사 그 자체는 아니다.

　정치도 마찬가지이다. 민의를 그대로 모사하는 데 치중하는 정치 행위는 '모사'의 관점에서는 훌륭할망정 창의적인 대의정치의 관점에서는 불충분하다고 할 수 있다. 재현의 관점에서 진정으로 뛰어난 정치 행위는, 관련된 민의를 모사하는 것보다는 그 열망을 정책에 얼마나 입체적으로 잘 구현하느냐에 따라 결정된다. 민의를 복제하려고만 드는 정치인은 늘 여론조사에 끌려갈 수밖에 없다. 진정으로 탁월한 대의정치는 인기투표에 의존하는 정치와는 구별된다. 뛰어난 대의정치인은 민의를 적극적으로 해석하고, 사람들이 미처 정의하지 못하고 구체화되지 못한 일까지 탐구하고 정책으로 번역해낸다. 대의정치는 민의에 기반해야 하지만, 민의를 그저 모사하는 것으로는 충분하지 않다.

　민의가 정치의 명시적인 기반으로 인식되기 전에, 고대 중국의 정치는 무엇을 재현하고자 했나? 중국 고대 정치에서 최초로 재현해야 했던 것은 신의 뜻이었다. 제사장이었던 당시의 통치자들은 거북의 등껍질을 태워가며 신의 의견을 물었다. 박물관에 전시되고 있는 갑골문은 그 제사장들이 신과의 소통을 독점하며 자신의 권력을 정당화한 기록이기도 하다. 비록 그 제사장들은 신과 의사소통을 하고 있다고 주장했지만, 그 갑골문을 오롯이 들여다보고 있으면 갑골문이 두 가지를 동시에 말해준다. 신은 이 세상에 없다는 것, 그렇기에 이 땅의 사람들은 신의 뜻을 재현해야만 했다는 것. 신의 부재를 인정할 때에야 비로소 가능하게 되는 재현의 세계가 거기에 있다.


## 평범을 가장한 쇼의 흔적을 남기는 것


『논어』속의 공자는 신의 뜻을 재현하는 데 골몰하던 제사장들과 거리를 두기 시작한 당시 사람들 중 하나였다. 그러한 이들에게 이제 재현해야 할 대상은 신이라기보다는 그들이 상상했던 주나라 건국 시기의 문명이었다. 그리고 공자가 보기에 그 찬란했던 고대 문명은 이제 사라질 위기에 처해 있었다. 동시에 『논어』속의 공자는 그 문명을 되살려 공동체에 구현할 수 있는 정치적 권력은 자기에게 결국 주어지지 않을 것임을 예감했던 것 같다. 그럼에도 그는 포기하지 않고 전진한다. 그래서 석문의 문지기는 공자를 일러 이렇게 말했다. "그것이 안 되는 줄 알면서도 하는 사람 말입니까?"(是知其不可而爲之者與,『논어』「헌문憲問」38)

끝내 포기를 모르며 질주했던 공자의 모습과 좋은 대조를 이루는 것은 일본의 사상가 모토오리 노리나가이다. 공자처럼 그 역시 세상은 이상적인 과거로부터 멀어지며 타락해왔다고 생각했다. 그러나 공자와 달리 모토오리 노리나가는 이상적인 과거로 감히 돌아갈 수 있다고 꿈꾸지 않았다. 억지로 돌아가려는 태도 자체가 그 이상적인 정신과는 어긋나는 일이다. 난세가 도래한 것 역시 신의 뜻인 것이다. 할 수 있는 일이 있다면, 부산을 떨며 무리하게 저항하지 않고 그저 평범하게 살아가는 것이다. 별난 행동을 하지 않고 칼럼을 쓰지도 않고 그저 숨을 쉬며 살아가는 것이다.

정치사상가 와타나베 히로시가 잘 보여주었듯이, 이것이 곧 모토오리 노리나가가 그저 현실에 안주하며 평범하게 살다 죽었다는 말은 아니다. 모토오리 노리나가는 평범한 삶을 산 것이 아니라, 평범을 가장한 삶을 살았다. 세상과 불화할 만한 어떤 별난 일도 하지 않았음에도, 그 평범함은 하나의 쇼였다. 그 역시 세상을 진정으로 받아들이지는 않은 것이다. 그러한 모토오리 노리나가에게 허락된 마지막 별난 선택은, 세상에 드러난 자신의 일생은 평범을 가장한 쇼였다는 흔적을 남기는 것이다.

그리하여 그는 치밀하게 자신의 장례식을 준비한다. 나의 무덤은 평범하게 세상의 통례에 따라 만들어라. 그리고 세상에서 하는 대로 똑같이 장례를 집행해라. 그러나 자신의 진짜 시신은 그곳에 넣지 마라. 대신 야마무로야마 정상으로 가져가서 묻고 그 옆에 벚나무 한 그루를 심어다오. 그리고 나의 글을 읽고 제대로 감응한 사람만이 이 진짜 무덤을 찾아올 수 있게 하라. 그리하여 모토오리 노리나가는 자신의 영정 사진을 만들듯이, 자신의 진짜 무덤의 모습을 정성스레 유언장에 그려두었다. 그리고 자신의 자화상 옆에는 다음과 같은 시를 남겼다. "아침 해에 아름답게 빛나는 산벚꽃이랄까."

시작이 있는 것은 끝이 있기 마련. 더 나은 세상을 열망했던 사상가들도 그렇게 죽음을 맞이한다. 열역학 제2법칙에 따르면 이 지구도 언젠가는 차갑게 식을 것이다. 재현에 종사하는 이들의 궁극적인 소망은 이 지구의 영정 사진을 찍는 것이다.

# 돌직구와
# 뒷담화의 공동체

教學

교학

공자는『논어』의 서두에서 말한다. "멀리서 찾아오는 붕우가 있으면, 참으로 즐겁지 아니한가?(有朋自遠方來, 不亦樂乎.) 정현종의 시「방문객」에 따르면, "사람이 온다는 것은 실은 어마어마한 일이다. 그의 과거와 현재, 미래가 함께 오기 때문이다. 한 사람의 일생이 함께 오기 때문이다."『논어』의 세계에서 제자들이 먼 곳으로부터 찾아오는 일 역시 어마어마한 일이다. 그것은 국가가 설정한 위계적인 구획을 넘어, 친족 네트워크를 넘어, 타인과 비전을 함께하기 위해 장거리 이동을 감내하고 있음을 뜻하기 때문이다. 그렇게 모인 사람들은 출세를 통해 자신의 정치적 뜻을 펼치기를 염원했던 집단인 동시에, 목전의 정치권력이 부도덕할 경우 출세를 거부할 수도 있는 집단이기도 하였다. 공자라는 카리스마 넘치는 선생을 중심으로 작동한 이 집단의 모습에 대해『논어』는 몇 가지 실마리를 던져준다.

## 가르침은 있지만, 차별은 없다

공자는 출신을 불문하고 제자를 받아들인 것으로 유명하다. 그러나 누구나 무조건 제자로 받아들였다는 말은 아니다. "말린 고기를 준비해 오는 것 이상의 예를 차리는 사람이라면, 내가 가르치지 않은 적이 없다."(自行束脩以上, 吾未嘗無誨焉.) 여기서 "말린 고기를 준비해 오는 것 이상의 예를 차리는 사람"이란 배우기 위한 일정한 예를 갖출 줄 아는 사람을 뜻한다. 그리고 공자는 "그가 다가오면 함께하고, 그가 물러나면 함께하지 않는다"(與其進也, 不與其退也)고 말했다. 이는 적극적으로 배우겠다는 동기부여가 된 이들만 상대한다는 말이기도 하다.

이렇게 사람들이 모여들 수 있었던 데는 일단 공자 자신이 가졌던 카리스마가 작용했다. 제자 안연은 탄식하며 선생의 카리스마를 이렇게 묘사한 적이 있다. "우러러볼수록 더욱 높고, 깊이 뚫을수록 더욱 견고하고, 바라보면 앞에 계시다가 홀연히 뒤에 계신다!"(仰之彌高, 鑽之彌堅, 瞻之在前, 忽焉在後.) 공립학교 시스템이 없고, 대부분의 지식이 서적보다는 구전을 통해 전승되는 시대에 이토록 선생의 권위가 높았던 것은 이해할 만한 일이다. 공자는 강력한 카리스마를 바탕으로 해서, 춘추시대에 권력을 쥐락펴락한 이들에 대해 가감 없는 품평을 가하였다. "진나라 문공은 속이고 바르지 않았으며, 제나라 환공은 바르고 속이지 않았다."(晉文公譎而不正, 齊桓公正而不譎.)

공자를 중심으로 모인 이들은 각별한 집단의식을 발전시킨 것으로 보인다. 어느 날 사마우가 "사람들은 모두 형제가 있는데 나 혼자만 없다"(人皆有兄弟, 我獨亡)고 걱정하자, 자하子夏는 "군자가 공경하며 해이함이 없고, 남과의 관계에서 공손하며 예가 있으면, 온 세상 사람이 모두 형제다"(君子敬而無失, 與人恭而有禮, 四海之內, 皆兄弟也)라고 말한다. 이는 당시에 기존 친족 관계가 해체 일로에 있었지만, 동시에 친족 관계로만 환원되지 않는 유대 관계가 본격적으로 형성되고 있었음을 암시하는 말이기도 하다.

이처럼 새로이 형성된 사회조직은 강한 결속력을 전제로 했다. 『논어』와 『사기』에는 공자와 그 제자들이 역경을 기꺼이 함께 겪는 순간이 종종 묘사된다. 공유하는 비전을 위해 기꺼이 함께 고생을 하다가, 누군가 그 비전을 배반할 때는 공개적으로 퇴출 위기에 몰리기도 하였다. 권력자 계씨季氏가 이미 부유한데도, 제자 염구冉求가 그를 위해 세금을 더 걷어 재산을 불려주자, 공자는 이렇게 말했던 것이다. "나의 무리가 아니다. 제자들아, 북을 울려 공박해도 좋다!"(非吾徒也. 小子鳴鼓而攻之可也.)

이 흥미로운 조직의 구성원에 대해서 사람들은 궁금해하며, 공자에게 각 제자에 대한 견해를 물었다. 자로는 인합니까?(子路仁乎), 염구는 어떤가요?(求也, 何如), 공서적은 어떤가요?(赤也, 何如) 등등. 제자 본인들도 자기 확신이 결여되어 있는 양, 선생의 평가에 굶주려 있는 양, 스스로에 대해서 묻는다. 자공은 말한다. "저는 어떻습니까?"(賜也, 何如.) 공자가 거꾸로 묻기도 한다. "너와 안회顏回 중에 누가 나은가?"(女與回也, 孰愈.) 그리고 어느 날 자공이 다른 사람이 자신에게 하지 말았으면 하는 건 그 역시 다른 사람에게 요구하지 않겠다고 하자, 공자는 돌직구를 던진다. "네가 미칠 바가 아니다."(非爾所及也.)

## 반응하지 않으면 반복하지 않는다

제자 번지가 농사짓는 일을 배우기를 청한 적이 있다. 공자는 물론 자신이 농사일을 가르치는 사람이라고 생각하지 않았기에, "나는 늙은 농부만 못하다"(吾不如老農)고 완곡히 사양한다. 농사가 배울 만한 일이 아니라고 한 것도 아니고, 다만 농사일을 배우려면 늙은 농부가 더 적임자라는 은근한 거부. 여기에서 그쳤으면 좋았으련만, 번지는 미욱하게도 채소밭 가꾸는 일에 대해 배우기를 다시 청한다. 이에 공자는 재차 "나는 늙은 채소 농사꾼만 못하다"고 대답한다. 그런데 흥미로운 것은 번지가 자리를 뜨자 공자가 냅다 내뱉은 말이다. "소인이로구나, 번수(번지의 이름)는!"(小人哉, 樊須也.) 물론 공자는 통치술을 물어야 할 계제에 엉뚱한 질문을 한 제자를 탓한 것이지만, 너무 심하지 않은가, 이런 뒷담화는. 그럼 이건 어떤가. 재아가 부모 삼년상이 너무 길다고 투덜거리자, 공자는 "네가 편하다면 그렇게 해라!"(女安, 則爲之)라고 면전에서 통박한다. 그것도 모자라, 재아가 자리를 뜨자, 한마디 더 한다. "재아도 부모로부터 그 3년간의 아껴줌을 받았겠지?"(予也有三年之愛於其父母乎.)

공자의 뒷담화 내용이 꼭 부정적인 것만은 아니었다. 남궁괄南宮括이 멋진 질문을 하자 면전에서는 아무 말도 하지 않다가, 그가 나가고 난 뒤에 다른 사람이 들으라고 한마디한다. "군자로구나, 이와 같은 사람은! 덕을 숭상하는구나, 이와 같은 사람은!"(君子哉, 若人. 尙德哉, 若人.) 즉 돌직구와 뒷담화를 일삼았다고 해서, 공자가 제자들을 깔보았던 것은 아니었다. 공자는 말했다. "후생을 두려워할 만하니, [후생의] 미래가 지금만 못하리라는 것을 어찌 알겠는가? [그러나] 마흔이나 쉰이 되어서 좋은 평이 들리지 않으면, 정녕 두려워할 만하지 않다."(後生可畏, 焉知來者之不如今也. 四十五十而無聞焉, 斯亦不足畏也已.)

여기서 두려워한다는 말은 어린 친구들이 너무 대단해서 공포에 떤다는 말이 아니다. 이 어린 친구들이 나이가 들면 더 형편없어질 것이기에 두렵다는 말도 아니다. 이는 뒷세대가 가진 미지의 가능성에 대한 경의의 표현일 뿐이다. 실제 그렇게 경외할 줄 알았다면, 공자는 아무 말이나 하면서 후생들에게 선생 대접이나 받고 늙어가겠다는 나른한 태도를 가진 인물은 아니었다고 할 수 있다.

후배가 경외의 대상일 수 있는 것은 아직 소진되지 않은 가능성 때문이듯이, 그들의 한계 역시 그것이 아직 가능성에 불과하다는 데 있다. 다시 말하여, 잠재력의 특징은 잠재되어 있다는 것이다. 잠재력을 제대로 꽃피우는 이는 의외로 많지 않다. 반짝이는 가능성을 보여주었어도, 미완의 대기로 그치는 경우가 허다하다. 꽃을 피우고도 열매를 맺지 못하는 이가 있음을 공자는 잘 알고 있었다(苗而不秀者, 有矣夫).

사실, 미완의 대기 노릇이란 얼마나 달콤한가. 미완이기에 완성된 것을 보여줄 부담도 없고, 언제가 큰 그릇이 될 것이라는 기대만 향유하면 된다. 그러나 노환으로 죽은 이의 묘비명에 "미완의 대기"라고 적혀 있다면 그것은 결코 찬사가 아니다. 미완의 대기 역할은 오래 할 수 있는 것이 아니다. 젊은이도 곧 늙고 중년의 나이에 이른다. "나이가 사십이 되어서도 미움을 받는다면, 아마도 끝난 것이다."(年四十而見惡焉, 其終也已.)

그러면 제자들을 위해 공자는 어떻게 가르침을 베풀었나? 공자 교수법의 특징은 말을 많이 하지 않았다는 것이다. 어느 날 맹의자孟懿子가 효에 대해 묻자, 공자는 "어기지 마라"(無違)고 간단히 대답하고 끝낸다. 나중에 다른 제자인 번지가 그게 도대체 무슨 뜻이냐고 물었을 때에야, 비로소 비교적 자세히 부연해준다. 공자는 상대가 분발하지 않으면 열어주지 않고(不憤不啓), 한 측면을 보여주었는데 나머지 세 측면으로 반응하지 않으면 반복하지 않는다(擧一隅, 不以三隅反, 則不復也). 즉, 지식을 떠먹여주지는 않는다. 따라서 배우는 이는 "그 말의 실마리를 풀어내는 것이야말로 중요하다!"(繹之爲貴).

이런 가르침 방식에 대해 물론 제자들은 답답해한다. 공자 역시 제자들이 그런 불만을 가지고 있음을 잘 알고 있다. 공자는 말한다. "그대들은 내가 무엇을 숨긴다고 생각하느냐? 나는 그대들에게 숨기는 바가 없다! 행하되 그대들과 함께하지 않는 것이 없다. 이것이 바로 나다."(二三子以我爲隱乎. 吾無隱乎爾. 吾無行而不與二三子者, 是丘也.) 이 말이 흥미로운 점은, 자신이 숨기지 않는다는 것을 행동의 차원에 국한하고 있다는 점이다. 즉 말의 차원에서는, 숨기는 것이 있을 수 있음을, 침묵의 차원이 있을 수 있음을 인정한 셈이다. 그렇다면 이러한 발언은 암묵적으로 제자들에게, 침묵의 의미를 깨달으라고 촉구하는 셈이다. 행동에서는 숨김이 없되 말에서는 숨김이 있을 수 있는 이, "이것이 바로 나다"(是丘也).

## 애호와 질시와 해석과 오해

말을 아끼는 선생에게는 과감한 제자가 있어야, 주변 사람들이 많이 배울 수 있다. 『논어』의 세계에서는 자로가 바로 그러한 역할을 한다. 자로는 늘 타박 대상이었다. 공자가 "도가 행하여지지 않아 뗏목 타고 바다를 둥둥 떠다녀도, 나를 따를 사람은 유(자로의 이름)일 것이다"(道不行, 乘桴浮于海. 從我者, 其由與)라고 말했을 때, 그것은 그러한 상황에서도 자신을 따를 우직함을 가진 제자라는 말이기도 하지만, 그만큼 사리분별을 제대로 못하는 인물이라는 뉘앙스도 들어 있다.

공자가 분방한 행실로 유명했던 여성인 남자南子를 만났을 때 드러내놓고 불쾌감을 표시한 것 역시 자로였다. 자로는 선생에게 과감한 역질문을 구사할 수 있는 인물이기도 하였다. 자로는 재차 말한다. "선생님의 뜻을 듣고 싶습니다."(願聞子之志.) 그 덕에 주변 사람들은 공자의 생각을 좀 더 잘 알게 된다.

맹자는 자로를 일러 "다른 사람이 과실을 지적해주면 기뻐하였다"(子路, 人告之以有過則喜)고 말하고, 그런 점에서 성인이었던 우임금과 요임금에 비견하였다. 다른 사람이 과실을 지적해주면, 대개는 기분 나빠하는 법. 자로는 기분 나빠하지 않는 정도가 아니라, 아예 기뻐하기까지 했으니, 자기 갱신에 환장한 사람이었다고 할 만하다.

이같이 역동적이고 긴밀한 선생 제자 관계도 어느 한쪽이 죽음으로 인해서 언젠가 끝이 나기 마련이다. 공자가 가장 아꼈다는 제자 안연은 공자보다도 훨씬 일찍 죽어 선생 곁을 떠났다. 공자 자신도 결국 죽어서 제자들 곁을 떠났다.

많은 사람들이 사실은 상대의 소멸을 은근히 바란다며, 마르쿠스 아우렐리우스는 현자의 죽음에 대해서 이렇게 말한 적이 있다. "그가 탁월한 현자였다고 해도 누군가는 속으로 이렇게 말한다. '선생님께서 돌아가셨으니 이제 우리는 편히 숨을 쉴 수 있겠구나. 선생님이 우리를 모질게 대하지는 않으셨지만, 은근히 우리를 경멸하는 것 같았어.'" 그러나 진심으로 선생을 좋아했던 이들은 오래 남아 선생을 추억한다. 혹자는 선생의 무덤을 3년간 떠나지 않기도 하고, 혹자는 그것도 모자라 6년간 시묘살이를 하기도 한다. 그렇게 애써 추억하는 사람들이 죽은 이를 불멸케 한다. 그러나 불멸은 축복인가, 저주인가. 사람들의 끝없는 애호와 질시와 해석과 오해의 대상이 된다는 일은.

# 4

# 성긴한 혐오와
# 애호를 넘어

# 단 한 문장을
# 이해하기 위하여

청소년들의 문해력이 떨어지고 있다, 긴 글을 못 읽는다
는 개탄이 여기저기서 터져 나온다. 청소년 문해력만 문제일
까? 성인들 문해력도 문제겠지. 긴 글 읽기만 어려울까? 짧
은 글 읽기도 만만치 않겠지. 작법서는 많아도 독해서는 적
고, 외국어 독해서는 많아도 자국어 독해서는 적다. 아마도
성인의 자국어 문해력은 그럭저럭 괜찮다고 생각하는 것 같
다. 과연 그럴까? 정말 성인의 문해력이 괜찮다면, 남의 말과
글을 곡해하고 비방하는 일이 지금처럼 만연할까?

단 한 문장을 이해하는 일도 쉽지 않다. 내겐 『논어』의
첫 문장, "배우고 때로 익히면, 참으로 기쁘지 아니한가?"(學
而時習之, 不亦說乎)의 이해조차 쉽지 않게 느껴진다. 얼핏 보기

에 어려울 게 없는 평이한 문장이다. 그러나 정말 평이하기만 하다면, 『논어』라는 편집서에 굳이 첫 문장으로 등장할 필요가 없었을 것이다. 어떤 문장을 그저 평이하게 받아들이지 않으려면, 그 문장과 경쟁할 만한 다른 문장들을 떠올릴 수 있어야 한다.

"배우고 때로 익히면, 참으로 기쁘지 아니한가?"라는 말은, "배우고 때로 익히면, 참으로 슬프지 아니한가?" "배우고 때로 익히면, 참으로 지루하지 아니한가?" 등등의 문장과 경쟁할 수 있다. 달리 말할 수 있었는데도, 애써 "배우고 때로 익히면, 참으로 기쁘지 아니한가?"라고 말한 것이다. 공부하는 일이 괴롭고 지루하다고 여기는 사람들에게, 공부하는 일이야말로 기쁜 일이라고 일부러 강조할 필요가 있었을지 모른다.

"배우고 때로 익히면, 참으로 기쁘지 아니한가?"라는 말은, "케이크를 먹으면 참으로 기쁘지 아니한가?" "아이돌 동영상을 보면 참으로 기쁘지 아니한가?" "마약을 하면 참으로 기쁘지 아니한가?" 등등의 문장과도 경쟁할 수 있다. 마음이 기뻐지려면 맛있는 것을 먹거나, 자극적인 동영상을 보거나, 마약을 해야 한다고 믿는 이들에게 일부러 "배우고 때로 익히면, 참으로 기쁘지 아니한가?"라고 반문한 것일 수도 있다. 어쨌거나, 어떤 문장과 경쟁할 수 있는 다른 문장들을 떠올릴 수 있어야 한다. 그래야 그 문장을 한층 더 진지하게 대하게 된다.

어떤 문장을 진지하게 대하는 방법 중 하나는 그 문장이 답이라면 문제는 무엇인가, 혹은 그 문장이 문제라면 답은 무엇인가, 라고 묻는 것이다. "배우고 때로 익히면, 참으로 기쁘지 아니한가?"가 답이라면 문제는 무엇인가? 문제는 아마도 "왜 공부를 해야 하죠?" 혹은 "어떻게 하면 기분이 좋아지죠?" 등등일 수 있다. "배우고 때로 익히면, 참으로 기쁘지 아니한가?"가 문제라면 답은 무엇인가? 공부라는 일견 지루해 보이는 일이 어떻게 해서 기쁠 수 있는지를 설명하는 것, 다시 말해서 배움과 즐거움의 공존 가능성이 답일 수 있다. 어쨌거나, 그 문장이 답이라면 문제는 무엇인가, 혹은 그 문장이 문제라면 답은 무엇인가, 자문할 수 있어야 한다. 그래야 그 문장의 맥락을 좀 더 잘 구성하게 된다.

## 한 문장을 이해하기 위해 필요한 것들

생략된 문장 요소를 재구성해볼 수도 있다. 『논어』 첫 문장에는 '무엇을' 배우고 익히는지, 목적어가 생략되어 있다. "배우고 때로 익히면, 참으로 기쁘지 아니한가?"라는 말을 공자에게 직접 들은 사람은 목적어가 무엇인지 알고 있었을 것이다. 서로 암묵적으로 알고 있는 것은 생략하곤 하니까. 그러니 아무 말이나 목적어로 올 수는 없다.

무엇을 배우고 익히든 다 즐거울 리는 없지 않은가. 입시 공부가 재밌을 가능성은 크지 않다. 고시 공부가 흥미진진할 가능성은 희박하다. 그렇다고 모든 공부가 다 재미없는 것은 아니다. 과연 숨겨진 목적어는 무엇일까? 비어 있는 목적어를 서둘러 채우려 들어서는 안 된다. 아무렇게나 목적어를 집어넣고 그것이 진리인 양 떠들어서는 안 된다. 적어도 『논어』의 다른 문장들에서 배우고 익히는 일의 목적어로 무엇이 사용되었는지 꼼꼼히 따져봐야 한다. 그렇게 따져보면, 아무거나 '배우고 익히다'라는 동사의 목적어로 사용되지 않았음을 알 수 있다. 목적어를 특정할 수 있어야 그 나름의 근거를 가지고서 『논어』 첫 문장을 해석할 수 있다. 그렇게 파악하는 일이 귀찮다고? 그럴 수 있다. 다만 그럴 경우 자기 의견은 근거 없는 '뇌피셜'에 불과하게 된다. '뇌피셜' 이상의 주장을 하려면, 근거를 찾는 수고를 감수해야 한다.

여기에서 만족하지 않는 이들도 있다. 『논어』 안에서 배우고 익히는 일의 목적어가 무엇이었는지 따지는 것만으로는 충분하지 않다고 느끼는 이들이 있다. 『논어』와 동시대 문헌들에서 어떤 것들이 배우고 익히는 일의 목적어로 사용되었는지 전수조사를 하려 드는 이들이 있다. 세상에는 별 근거 없이 자기주장을 앞세우는 사람도 있지만, 심혈을 기울여 자기주장의 근거를 최대한 수집하려 드는 사람도 어딘가에는 존재한다.

어쩌면 『논어』 첫 문장의 목적어가 생략된 것이 단순한 사태가 아닌지도 모른다. 사람들은 암묵적으로 알고 있는 것을 생략하기도 하지만, 말하기 두려운 내용을 생략하기도 한다. 어떤 진실은 그 시대의 통념에 정면 도전하는 것이기에 생략될 수 있다. 대개 사람들은 자기 통념에 도전한 이들을 고깝게 여긴다. 심하면 그들을 박해하려 든다. 그리스의 철학자 소크라테스가 왜 박해를 받았는가? 당대의 통념에 도전했기 때문이다. 박해를 피하려면 위험한 진실을 생략해야 한다.

혹시 『논어』 첫 구절에서 공자는 당시의 통념에 도전하고 있었던 것은 아닐까? 너무 위험한 진실을 명백하게 다 이야기할 수 없어서, 문장 일부를 생략한 것은 아닐까? 그럴 수도 있고, 그렇지 않을 수도 있다. 이 점을 확실히 하려면 공자가 살았던 시대의 통념이 무엇이었는지 알아야 한다. 그것을 알기 위해서는 『논어』 첫 구절만 읽어서는 부족하다. 『논어』 전체를 다 읽어도 부족하다. 『논어』를 포함하되 그것 너머에 있는 역사적 배경에 대해 지식을 쌓아야 한다.

아니, 단 한 문장을 이해하기가 이렇게 어려운 일이란 말인가? 그렇다. 그렇게 어렵다. 무엇인가를 이해하는 것이 그렇게 어려운 일이라는 것을 절감하면, 남의 말과 글을 곡해하고 비방하는 일이 지금보다는 줄어들지 않을까.

# "그 가운데 있습니다"

섭공이 공자에게 말하였다. "우리 쪽에는 자신을 바르게 하는 사람이 있습니다. 아버지가 양을 훔치게 되면, 아들은 그렇다고 증언합니다." 공자가 말하였다. "우리 편의 곧은 사람은 이와 다릅니다. 아버지는 자식을 위해 숨겨주고, 자식은 아버지를 위해 숨겨줍니다. 곧음은 그 가운데 있습니다."

葉公語孔子曰, 吾黨有直躬者, 其父攘羊, 而子證之. 孔子曰, 吾黨之直者異於是, 父爲子隱, 子爲父隱. 直在其中矣.

『논어』「자로」 18에 나오는 저 대화는 『논어』 내용 중에서 가장 크게 호오好惡가 갈리는 부분이다. 부모와 자식 간

효도가 더없이 중요하다고 생각하는 사람들은 저 문장을 보고 환호한다. 공자와 같은 성인도 사회적 공정성보다 가족 관계가 더 중요하다고 하셨어! 반면, 공자의 저런 태도야말로 이 동양 사회를 부패로 얼룩지게 만들었다고 펄펄 뛰는 사람들도 있다. 뭐든 법대로 처리해야지 어떻게 가족이라고 숨겨줄 수 있어!

그러나 나처럼 언뜻 누구 편을 들어야 할지 잘 모르는 사람도 있다. 삶의 현실은 생각보다 복잡하다. 끙. 사회가 부패하지 않으려면 법대로 해야겠지. 그런데 운전 중 안전벨트를 하지 않았다고 아버지를 경찰에 고발해도 될까? 그러고 나서도 가족이 화목하게 유지될까? 끙. 가족의 화목이 중요하다고 해서, 아버지가 자식을 위해 졸업장을 위조해주는 것까지 묵과할 수는 없지. 학점이 생각보다 낮게 나왔다고 자식이 학교에 불을 지르러 가면, 아버지는 경찰에 신고해야 할 거야.

이런 고민을 나만 한 것은 아니다. 후대의 『논어』 주석가들도 마찬가지였다. 그들은 『논어』에 등장하는 저 아버지의 도둑질이 도대체 어느 정도로 심각한 것인지 따져보려 들었다. 아버지가 남의 집 담장을 넘어가서 양을 훔친 경우를 공자가 말한 건 아니지 않겠는가. 양이 길을 잃어 아버지 집까지 들어오자, 다만 되돌려주지 않은 상황을 말한 게 아니겠는가 등등.

엄혹한 법 집행으로 유명한 진秦나라가 망한 이후, 청淸나라에 이르기까지 중국에서는 대체로 친족 간에 범죄를 숨겨준 일에 대해서는 죄를 묻지 않기로 규칙을 정했다. 이른바 용은제容隱制가 정착된 것이다. 물론 거기에도 예외는 있다. 친족이라고 해서 무작정 다 봐줄 수는 없다. 반역죄 같은 것은 친족이라 해도 고발의 의무가 있었다.

섭공과 공자 중에 누가 더 사리에 맞는 말을 하고 있는지 판정하기는 생각보다 쉽지 않다. 사법기관이 사회생활의 어디까지 개입하는 것이 좋은가, 라는 크고 어려운 주제와 관련이 있기 때문이다.

섭공은 국가기관이 사람들의 삶에 적극적으로 개입하는 게 좋다고 생각하지만, 그러려면 국가 공무원 수가 늘어야 하고, 늘어난 공무원 수를 감당하려면 세금을 더 내야 한다. 공자는 국가가 친족 내 여러 사안까지 개입할 필요는 없다고 보기에, 공무원 수를 늘리지 않아도 되고, 따라서 세금을 많이 내지 않아도 된다. 그러나 그 대신 사법기관이 처리할 수도 있었던 많은 분쟁을 친족 구성원들이 직접 처리해야 한다.

## 단정하지 않는 수사법의 효용

이 같은 국가와 사회의 관계 문제에 대해서 오랫동안 논쟁이 있어왔고, 그만큼 결론을 내리기도 쉽지 않다. 내가 『논어』의 저 문장에서 보다 확신을 갖고 좋아하는 것은 섭공의 견해도 아니고 공자의 견해도 아니고, 바로 "그 가운데 있습니다"라는 수사법이다. "아버지는 자식을 위해 숨겨주고, 자식은 아버지를 위해 숨겨줍니다. 바로 그것이 곧은 것입니다"라고 말할 수도 있을 텐데, 그렇게 말하지 않고 "곧음은 그 가운데 있습니다"라고 말한 것이다. 사소한 표현의 문제에 불과하다고? 그렇지 않다. 사소하다고 보기에는 지나칠 정도로 공자는 『논어』에서 저 표현을 거듭 사용한다.

공자는 말한다. "말에 허물이 적고, 행동에 후회가 적으면, 관직은 그 가운데 있을 것이다."(言寡尤, 行寡悔, 祿在其中矣. 『논어』「위정」18) "말에 허물이 적고, 행동에 후회가 적으면, 관직을 얻는다"라고 말할 수도 있을 텐데, 관직이 꼭 생긴다는 보장은 없기에 일부러 그렇게 말하지 않은 것이다.

공자는 또 말한다. "거친 밥을 먹고 물 마시고, 팔을 굽혀 베개로 삼아도, 즐거움이 과연 그 안에 있다."(飯疏食飲水, 曲肱而枕之, 樂亦在其中矣. 『논어』「술이」16) "거친 밥을 먹고 물 마시고, 팔을 굽혀 베개로 삼으면 즐겁다"라고 말할 수도 있을 텐

238

데, 가난하다고 즐거운 것은 아니기에 일부러 그렇게 말하지 않은 것이다.

"배우면 식록食祿(녹봉)이 그 안에 있다. 군자는 도를 근심하지 가난을 근심하지 않는다."(學也 . 祿在其中矣 . 君子憂道不憂貧.『논어』「위령공」32) "배우면 식록이 생긴다"라고 말할 수도 있을 텐데, 배움의 목적이 식록은 아니기에 일부러 그렇게 말하지 않은 것이다.

"그 가운데 있습니다." 이 수사법의 응용 여지는 무한하다. 어떤 학생이 진학 상담을 하러 연구실 문을 두드린 경우를 상상해보자. "선생님, 저 대학원에 진학해서 학자의 길을 걷고 싶습니다. 그런데 학자로 취직할 수 있을까요?" 선뜻 대답하기 어려운 질문이다. "요즘 같은 세상에 취직이 되겠어요? 굶어 죽지나 않으면 다행이지." 이렇게 대답할 수는 없다. 입에 담기 가혹한 말일 뿐 아니라, 나중에 용케 취직이라도 하게 되면, 거짓 예언을 한 셈이 된다. 그렇다고 해서, "공부를 열심히 하다보면, 취직이 되기 마련입니다." 이렇게 대답할 수도 없다. 그건 "아이를 낳아놓으면, 자기가 알아서 큰다"처럼 무책임한 말이다. 누군가 인생을 갈아 넣어서 아이를 키우는 법이다.

그러면 어떻게 대답해야 하나? 공자의 본을 받아 이렇게 대답하는 거다. "공부를 열심히 하다보면, 직장이 그 안에 있습니다." 그렇게 대답함으로써 나는 그 학생의 인생에 대해 단정적인 예측을 피한 것이다. 그리고 취직의 필요성은 긍정하되, 취직이 학문의 궁극적 목적은 아니라는 점 역시 표현한 것이다. 동시에 학문의 길이란 장기 레이스이기에, 취직에 관련된 불안을 견디는 일마저 포함한다는 메시지도 전한 것이다. 한 걸음 더 나아가, 삶이란 계획하거나 예측한 대로 전개되는 것은 아니며, 살아나간다는 것은 삶의 우연을 받아들인다는 것이기도 하다는 내 인생관을 넌지시 담은 것이다. 그 점까지 읽어내는 학생이라면 전도유망한 미래가 그 안에 있을 것이다.

# 제 가격에
# 자신을 판다는 것

　지성사를 공부하던 학생 시절 에피소드다. 당시 선생님은, 글이 사회에서 유통되며 비로소 갖게 되는 의미의 중요성에 대해 역설했다. 나는 물었다. "선생님, 어떤 책이 전혀 유통되지 않은 채로 오랜 세월이 지나 산속에서 발견되었다고 상상해보죠. 그런데 그 책이 하필 정말 창의적이고 체계적이고 놀라운 내용을 담고 있었어요. 그래도 별 가치가 없다고 할 수 있을까요?" 당시 선생님은 단호하게 대답했다. "당대에 가졌을 수도 있었을 사회적, 역사적 의미는 없다."

　글은 일단 자기 자신을 위해서 쓰는 것이고, 그것만으로 충분할 때가 많다. 그러나 폭넓은 사회적, 역사적 의미를 얻고자 하는 사람은 한 걸음 더 나아가 자기 글을 출판하려 든다. 생각의 유통망에 글을 던져 넣고, 독자들의 선택을 기다린다. 그 글은 독자들의 마음속에서 더 풍부한 의미를 얻기도 하지만, 상처 입고 왜곡되기도 한다. 그래도 어느 날 그는 결심한다. 자기 마음의 궤 속에 꼭꼭 숨겨놓았던 글을 세상에 꺼내놓기로, 어두운 궤 속에서는 찾을 수 없는 사회적 의미를 얻기로, 상처와 왜곡의 가능성을 감수하기로.

공자도 마찬가지다. "아름다운 옥이 여기 있다면, 싸서 궤에 넣어 간직하시겠습니까? 좋은 가격(혹은 상인)을 찾아 파시겠습니까?"(有美玉於斯, 韞匵而藏諸. 求善賈而沽諸)라는 제자의 물음에 단호하게 대답한다. "팔아야지! 팔아야지!"(沽之哉, 沽之哉.) 이 "판다"는 표현이 인간을 상품화하고 있다는 식의 비판은 부적절하다. 평소 상업에 관심이 많았던 자공이기에 상업에 관련된 비유를 사용했을 뿐이다.

제자인 자공이 굳이 저런 질문을 했다는 사실 자체가 의미심장하다. 공자가 평소에 자신을 팔기 위해 늘 전전긍긍하고 있었다면, 자공이 새삼 저런 질문을 하지 않았을 것이다. 그렇지 않았기에 저런 질문이 제기된 것이다. 선생님은 도대체 자신을 팔 생각이나 있는 것일까? 저렇게 세상의 주변이나 떠돌다가 인생을 끝마치려 하는 것일까? 혹시 자신을 판다는 행위 자체를 나쁘게 보고 있는 것은 아닐까? 이런 생각이 들었기에 굳이 저런 질문을 제기한 것이다.

"팔아야지! 팔아야지!" 그런데 무엇을 파는가? 공자가 팔고자 했던 것은 두 가지다. 자신의 정치적 역량과 자신의 생각. 공자의 정치적 역량을 사줄 사람은 권력자들이다. 시민 사회라고 할 만한 것이 발달하지 않았던 그 시절, 정치적 열망을 실현하기 위해서는 정치판에 들어갈 수밖에 없다. 실로 공자는 자신의 정치적 역량을 사줄 권력자를 찾아 이 나라 저 나라를 애타게 헤매었다. 그 과정에서 이런저런 관직을 얻기도 했지만, 공자의 정치적 기획은 결국 실패하고 만다.

공자의 생각을 사줄 사람은 제자들이다. 출판계라고 할 만한 것이 발달하지 않았던 그 시절, 자기 생각을 전파하기 위해서는 기꺼이 그 생각을 배우고자 하는 후학을 직접 만날 필요가 있다. 그래서일까, 공자는 "말린 고기를 준비해 오는 것 이상의 예를 차리는 사람이라면, 내가 가르치지 않은 적이 없다"(自行束脩以上, 吾未嘗無誨焉.『논어』「술이」7)라고 말했다. 실제로 공자 제자들 대다수는 귀족이 아닌 보통 사람들이었다고 알려져 있다.

## 제 가격에 팔리기 위한 자기 가치의 조건

공자가 이토록 자신을 팔고자 하는 데 열성이었지만, 무조건 팔겠다는 것은 아니었다. "善賈"(선가 혹은 선고)라는 표현이 바로 그 판매의 조건을 나타낸다. "善賈"에는 크게 보아 두 가지 해석이 있다. 많은 주석가들이 "善賈"를 좋은 가격 혹은 제 가격이라는 뜻으로 풀이한다. 노골적으로 가격을 운위하는 풀이가 너무 천박하다고 여기는 오규 소라이 같은 주석가는 "善賈"를 좋은 상인이라는 뜻으로 해석한다. 어쨌거나, 아무 가격 혹은 아무 상인에게나 팔지는 않겠다는 취지다.

좋은 가격 혹은 제 가격이라는 것이 꼭 높은 가격을 의미하지는 않는다. "善賈"라고 했지 "高價"(고가)라고 하지 않았음에 주목하라. 좋은 가격, 혹은 제 가격이란 턱없이 높지도 턱없이 낮지도 않은 적절한 가격이다. 자신의 가치에 맞는 적절한 가격이 존재할 경우, 기꺼이 시장으로 나아가되, 그렇지 않을 경우에는 머물러야 한다. 세상이라는 유통 시장에 나아가 기꺼이 상품이 되겠으되, 어떤 경우에든 팔리고야 말겠다는 것이 아니라 제 가격에 팔리겠다는 것이다.

제 가격 혹은 제 상대를 만나는 것이 어디 정치만의 일이겠는가. 직장을 구할 때도 마찬가지다. 자신의 역량에 걸맞은 곳을 만나야 한다. 높은 연봉은 매력적이겠지만, 연봉이 높다고 그곳이 곧 자기에게 맞는 직장이라는 법은 없다. 연봉을 미끼로 해서 과로사의 위기에 몰리거나, 보람을 느낄 수 없는 일에 내몰리면 그 삶은 결국 피폐해지고 말 것이다. 고용주의 입장에서도 마찬가지다. 해당 직무를 처리할 능력이 없는 이를 뽑을 수는 없다. 동시에, 해당 직무 역량을 훌쩍 뛰어넘는 초능력자도 반갑지 않다. 그런 초능력자는 조만간 그 직장을 떠나버릴 것이기에. 떠나버리면, 사원을 찾아야 하는 수고를 다시 해야 한다.

제 가격 혹은 제 상대를 만나는 일이 중요하기로 연애만 한 게 또 있을까. 여기서도 마찬가지다. 잘생긴 외모와 재력은 매력적이겠지만 미모의 재력가라고 해서 자기에게 적절한 상대라는 법은 없다. 제 상대를 만나지 못한 연애는 조만간 파국으로 치닫는다.

자신을 제 가격에 팔기 위해서는, 시장을 잘 아는 일만큼이나 자신을 잘 아는 일이 중요하다. 자신을 알아야 그에 맞는 상대를 찾지 않겠는가. 자기가 자기를 잘 안다는 법은 없다. 자신을 '사줄' 상대를 찾는 과정에서 몰랐던 자신을 좀 더 잘 알게 되기도 한다. 그렇게 새로 발견한 자신은 종종 시장 속의 자신이다. 자신의 상대적 가치는 해당 시장의 현황에 따라 달라진다. 쉽게 대체 가능한 인력일수록 시장에서 가격은 낮고, 아예 유일무이한 사람은 시장 가격을 설정하기가 어렵다.

자공이 말하였다. "아름다운 옥이 여기 있다면, 싸서 궤에 넣어
간직하시겠습니까? 좋은 상인을 찾아 파시겠습니까?" 선생님
께서 말씀하셨다. "팔아야지! 팔아야지! 나는 좋은 상인을 기
다리고 있다."

子貢曰, 有美玉於斯, 韞匵而藏諸. 求善賈而沽諸. 子曰, 沽之哉, 沽
之哉. 我待賈者也.

『논어』「자한」 13

# 당신 뱃속에는
# 성인의 마음이 있다

문: 당신 뱃속에는 성인의 마음이 있소. 할 수 있으면 그냥 하
는 거요. 어째서 할 겨를이 없다고 하시오?

답: 종일 학교에서 선생이 무슨 책 읽으라고 하면 무슨 책을
읽고, 무슨 글을 쓰라고 하면 무슨 글을 써야 하니, 겨를
이 없습니다.

문: 당신 뱃속에는 성인의 마음이 있으니, 그걸 일깨우기만 하
면 바로 그 마음이 존재할 것이오. 선생에게 물어볼 필요
없소. 단지 당신 뱃속에서 추구하면 되오.

답: 매일매일 과제가 있는데 그것을 제대로 못하면 선생은 제
대로 좀 하라고 성화를 해대니, 어찌 제 생각대로 할 수 있
겠습니까?

문: 당신 선생은 늙은 꼰대 같소. 한번 내 말을 믿고 성인의 마음을 일깨워보시오. 성인이 될 수 있다면, 주나라 옷을 입고 은나라 수레를 타지 않아도 곧 성인이오.

儞肚子裏有一箇夫子心, 能做便做, 何云未暇. 答曰, 終日在學, 先生叫念何書卽念何書, 叫寫何文卽寫何文, 所以未暇也. 問, 儞一箇夫子心在肚子裡. 試一喚醒, 卽此而在, 不必問先生, 只求之儞肚裡足矣. 答曰, 逐日功課, 若辨的不好, 先生尙要責治, 豈得任己意. 問, 儞先生似是老學究, 試以吾言喚起這一箇聖人心, 能做得聖人, 雖不暇服周乘股, 便是聖人.

　　영조 때 영의정을 지낸 사람 중에 조현명趙顯命(1691~1752)이라는 이가 있다. 조선 후기 세도가 중 하나인 풍양 조씨 사람이다. 심양에 행차한 청나라 건륭제를 방문하기 위한 사절단의 일원으로 중국을 여행했다. 그리고 그 여행 중에 중국 지식인과 나눈 필담 내용을 『귀록집歸鹿集』이라는 자신의 문집에 남겼다. 위 글은 그 필담의 일부이다.

　　조현명의 필담 상대는 공자의 후손이라고 주장하는 고시생 공육귀孔育貴다. 공자는 남의 인정 여부와 무관하게 자기 즐거운 공부를 하라고 했건만, 정작 공자의 후손은 고시(과거시험) 공부에서 헤어나오지 못하고 있었다. (과거시험에 이미 합격해서 다시는 고시 공부할 일이 없는) 조현명은 일갈한다. 공부의 내용을 밖에서 찾으려 하지 말고 네 뱃속에서 찾으라고. 그 안에 성인의 마음이 있다고. 변명은 예나 지금이나 비슷하다. 선생이 내주는 숙제하기 바빠서 진짜 공부할 틈이 없어요, 엉엉. 조현명은 단언한다. 선생은 중요하지 않아.

일본의 역사학자 후마 스스무夫馬進가 지적했듯이 조현명의 입장은 양명학을 반영한 것이다. 흔히 조선이 주자학 일변도의 나라였다고들 하지만, 조선의 한 고위 관료는 양명학을 상당히 받아들이고 있었던 것이다. 양명학은 이른바 '무학의 통찰'을 강조한다. 길고 고된 공부 없이도, 자신의 양심만 들여다보면, 통찰을 얻을 수 있다는 것이다. 이기심을 걷어내고 자기 뱃속의 통찰에 집중하기만 하면, 누구나 그 즉시 성인聖人이 될 수 있다는 것이다.

## 성인이 많다고 한들, 태평성대는 오직 않았다

중국에서 양명학이 인기를 얻은 것은 너 나 할 것 없이 모두 고시 공부로 몰려간 상황에 대한 반동이라고 할 수 있다. 출세하고자 사람들이 고시 공부에 몰두할 때, 그런 헛된 공부 없이도 당장 성인이 될 수 있다고 (이미 고시에 붙은) 왕양명王陽明(1472~1528?)이 주장했던 것이다. 이러한 왕양명의 주장은 『논어』의 다음 구절을 연상시킨다. "인仁이 멀리 있겠는가? 내가 인을 원하면, 인은 곧 이를 것이다."(仁遠乎哉. 我欲仁, 斯仁至矣. 『논어』「술이」30)

인이 멀리 있냐고 새삼 묻는 것은, 사람들이 흔히 인이 멀리 있다고 생각하는 경향이 있기 때문이다. 공자는 강조한다. 인은 멀리 있지 않다고. 당신이 인을 원한다면 인은 곧 바로 여기 나타난다고. 어째서? 바로 우리 안에 인이 있기 때문이다. 인을 찾기 위해 멀리 갈 필요도 없고, 타인의 조력을 기다릴 필요도 없다. 당장 인을 원해라. 그럼, 인이 여기 있을지니.

이 얼마나 고무적인 이야기란 말인가. 내가 당장 훌륭한 사람이 될 수 있다니! 공자가 통치자들과 소수 제자에게 한 이 고무적인 이야기를 왕양명은 이곳저곳에서 토크 콘서트를 열어가며 뭇 세상 사람들에게 널리 전한 것이다. 신난다. 이제 고된 공부 과정이나 '꼰대'의 성가신 가르침 없이도 내 의견이 진리라고 버젓이 말할 수 있다. 나도 성인이니까! (아직 자기 뱃속을 들여다보지 못한) 남들은 틀리고 나는 옳다고 버젓이 말하는 것은 상당한 쾌감을 동반하는 법. 그런 씁쓸한 쾌감이 없다면, 인터넷상의 댓글 상당수가 사라질 것이다.

거리와 인터넷에 자칭 성인이 넘쳐나도 아직 태평성대

는 오지 않았다. 모두가 성인이 되는 일, 그리하여 이 세상을 정의롭게 만드는 일은 생각만큼 간단하지 않기 때문이다. 먼저, 선생이 필요 없다는 가르침을 준 사람이 다름 아닌 선생이었다는 점을 상기할 필요가 있다. 실제 왕양명은 많은 제자들을 거느렸다. 그는 거대 계파의 지도자였다.

그뿐이랴. 공자는 인을 원하면, 인이 곧 '이른다'고 했지, 인이 계속 '머무른다'고 하지는 않았다. 인이 잠깐 이르게 할수는 있어도 계속 머무르게 하기는 어렵다. 잠깐 성인이 되기는 쉬워도 계속 성인됨을 유지하기는 쉽지 않다.

"인을 원하면, 인은 곧 이를 것이다"라고 했는데, 그것은 반대로 인을 원하지 않으면 인이 이르지 않는다는 말이기도 하다. 진수성찬도 계속 먹기가 어려운 법인데, 인을 계속 원하기가 그리 쉬운가? 인이란 무엇인가. 간단하다. 나만 잘살지 않겠다는 마음이다. 언젠가 사람들이 한 번쯤은 뱃속에 품어보았을 그 마음. 그러나 너무 자주 잊는 그 마음. 시인 김광규는 「희미한 옛사랑의 그림자」에서 이렇게 노래한 적이 있다.

"4·19가 나던 해 세밑/(…)/우리는 때 묻지 않은 고민을 했고/아무도 귀 기울이지 않는 노래를/누구도 흉내 낼 수 없는 노래를/저마다 목청껏 불렀다/돈을 받지 않고 부르는 노래는/겨울밤 하늘로 올라가/별똥별이 되어 떨어졌다/그로부터 18년 오랜만에/우리는 모두 무엇인가 되어/혁명이 두려운 기성세대가 되어/넥타이를 매고 다시 모였다/(…)/플라타너스 가로수들은 여전히 제자리에 서서/아직도 남아 있는 몇 개의 마른 잎 흔들며/우리의 고개를 떨구게 했다/부끄럽지 않은가/부끄럽지 않은가/바람의 속삭임 귓전으로 흘리며/우리는 짐짓 중년기의 건강을 이야기했고/또 한 발짝 깊숙이 늪으로 발을 옮겼다"

# 돈과 자유

사람들은 대개 돈을 '아주 많이' 벌고 싶어 한다. 왜? 넘치는 돈이 없으면 불안하니까. 그 불안으로부터 자유로워지기 위해 돈을 번다. 사회보장제도가 부실한 곳에서는, 사회안전망이 불충분한 곳에서는, 가족이 기댈 곳이 되지 못하는 곳에서는, 그나마 돈이 믿을 만하다. 누구나 갑자기 나락으로 떨어질 수 있다. 그럴 때 의지할 곳은 돈이다. 돈은 불안으로부터 자유를 사는 길이다. 그래서 사람들은 많은 돈을 벌고 싶어 한다.

어떤 이들은 고된 노동으로부터 자유를 얻기 위해 돈을 번다. 돈을 많이 벌면, 그 돈으로 시간을 살 수 있고, 그 시간만큼은 하기 싫은 노동으로부터 자유롭다. 그 시간에 널부러져 한껏 쉴 수 있을 뿐 아니라, 돈이 아주 많으면 하고 싶은 일을 할 수 있는 자유를 얻을 수도 있다. 작은 독립서점을 운영하고 싶어도 적지 않은 돈이 든다. 마음에 드는 공간을 임대해서 취향대로 인테리어를 하고 싶어도, 언젠가 건물주 사정으로 이사 가야 할지 모른다. 그게 자기 건물이면 그런 고민을 할 필요가 없다. 벌어놓은 돈이 많으면, 서슴없이 장기적 관점에서 인테리어를 할 수 있는 자유가 생긴다.

다른 자유도 있다. 일본 와카야마현의 76세 남성 노자키 고스케의 경우를 보자. 방송에 따르면, 어린 시절부터 노자키의 꿈은 큰 부자가 되는 것이었다. 그리고 그 꿈을 이루었다. 수중에 7억 엔의 현금을 가지고 있을 정도의 큰 부자가 된 것이다. 왜 그는 그토록 돈을 많이 벌었나? 노자키는 자서전에서 이렇게 말했다. "마음에 드는 여자와 동침하기 위해 부자가 됐다. 지금까지 4,000명의 여성에게 30억 엔을 썼다. 앞으로도 그렇게 살겠다." 그러던 그는 55세 연하인 21세 여성과 결혼했는데, 결혼 3개월 만에 자택에서 숨진 채 발견됐다. 젊은 부인이 용의자로 지목됐으나 재판에서 무죄 판결을 받았다. 성욕의 자유(?)를 추구했던 어떤 남자의 불꽃 같은 생애는 이렇게 끝났다.

또 다른 자유도 있다. 공자 제자 자공은 사마천司馬遷의 『사기』「화식열전貨殖列傳」에 등장할 정도로 큰돈을 모은 사람이었다. 그는 그저 돈만 많은 사람에 불과했던 것이 아니라, 부자이면서도 상당한 덕성을 갖춘 인물이었다. 어느 날 자공은 스승의 칭찬을 기대하며 공자에게 이렇게 물었다. "가난해도 아첨하지 않고, 부유해도 교만하게 행세하지 않으면, 어떻습니까?"(貧而無諂, 富而無驕, 何如.) 이 질문에는 자신이 돈이 많기는 해도 부덕한 졸부는 아니라는 자부심이 묻어 있다.

## 빈부에 자아가 침식되지 않으려면

그렇다. 가난하면서 아첨하지 않기가 어디 쉬운가. 가난에 시달리면 자기 자신을 지켜내기 어렵다. 비굴하게 아첨을 해서라도 이 지독한 가난으로부터 벗어나고 싶은 유혹이 들 수 있다. 가난해도 아첨하지 않고 자긍심을 지니는 이는 대단하다. 자공이 한때 가난하면서도 비굴하지 않았다면 그것은 실로 대단한 일이다.

부유하면서도 교만하지 않기도 쉽지 않다. 돈이 많으면 많은 일을 자기 뜻대로 척척 할 수 있다. 그뿐인가. 사람들이 환심을 사려고 자신에게 아첨할 것이다. 세상이 자기를 중심으로 돌아간다는 느낌이 들 수 있다. 이런 상황에서도 교만해지지 않는 이는 많지 않다. 자공이 부자가 되어서도 교만하게 행세하지 않았다면 그것은 실로 대단한 일이다. 스승의 칭찬을 기대할 만도 하다.

　그러나 공자의 대답은 자공의 기대를 벗어났다. "그럭저럭 괜찮겠지." 나쁘지는 않지만, 그보다 더 나은 단계가 있기에 크게 칭찬할 만한 상태는 아니라는 말이다. 그렇다면 그보다 더 나은 단계란? "가난해도 즐거워하고, 부유해도 예를 좋아하는"(貧而樂, 富而好禮) 상태다. 이 상태는 정말 대단하다. 가난하면서 비굴하지 않기도 어려운데, 심지어 즐거워할 수 있다니! 부유하면서 교만하게 행세하지 않기도 어려운데, 심지어 예의 바르기까지 하다니!

　이 최고 단계의 핵심은 무엇일까? 남송의 주석가 주희는 이렇게 말했다. "아첨하지도 않고 교만하게 행세하지도 않는다면, 자아를 지킬 줄 아는 것이다. 하지만 아직 빈부를 초월하지는 못한 것이다."(無諂無驕, 則知自守矣, 而未能超乎貧富之外也.)

　그렇다. 빈부는 하나의 도전이다. 자신의 자아를 침식하려 드는 심각한 도전이다. 그 도전에 패배하면 인간은 저열해진다. 가난하다고 비굴한 사람이나, 부유하다고 교만한 사람이나 모두 빈부에 의해 자아가 침식된 이들이다. 지나치게 가난하거나 부유한 처지에 놓인 사람들은 모두 자신의 자아가 녹슬지 않기 위해 주의해야 한다. 다시 말해 자아를 지켜야(自守) 한다. 주희는 자아보다 집단을 중시한 일종의 집단주의 사상가였다는 견해가 세간에 팽배하지만, 주희의 글에는 이처럼 자아를 중시한 흔적도 많다. 바로 그 점에 주목하여 전통 중국의 자유주의 전통을 재구성한 학자마저 있을 정도다.

주희는 빈부에 침식되지 않고 자아를 지켜야 한다는 주장에서 그치지 않는다. 한 걸음 더 나아가, 자아를 지키는 것 이상의 자유가 존재함을 상기시킨다. 빈부에 함몰되지 않으려고 낑낑대는 단계는 아직 빈부를 초월한 상태는 아니다. "우리가 돈이 없지, 가오가 없냐!"고 외치는 상태는 그 나름 멋지기는 하지만, 아직 빈부를 지나치게 의식하고 있는 단계다. 그렇다면, 빈부를 진정 초월한 단계는 대체 어떤 상태일까? "즐기면 마음이 넓어지고 몸이 넉넉해지며, 가난을 잊게 된다."(樂則心廣體胖, 而忘其貧.) 이 단계에 이른 사람의 표정과 몸가짐에는 긴장이 사라지고 편안함이 깃든다.

자공이 말하였다. "가난해도 아첨하지 않고, 부유해도 교만하게 행세하지 않으면, 어떻습니까?" 선생님께서 말씀하셨다. "그럭저럭 괜찮겠지. 그런데 가난해도 즐거워하고, 부유해도 예를 좋아하는 경우만은 못하다." 자공이 말하였다. "『시詩』에서 '끊어내듯이, 잘라내듯이, 쪼듯이, 갈듯이'라고 한 말은 아마 이것을 이르는 거겠죠?" 선생님께서 말씀하셨다. "사賜(자공의 이름)야, 비로소 더불어 시를 논할 만하구나. 지난 것을 말해주면 다음에 올 것을 아는구나."

子貢曰, 貧而無諂, 富而無驕, 何如. 子曰, 可也. 未若貧而樂, 富而好禮者也. 子貢曰, 詩云, 如切如磋, 如琢如磨, 其斯之謂與. 子曰, 賜也, 始可與言詩已矣, 告諸往而知來者.

# 새 술은 헌 부대에

인류학자 마르크 오제는 이렇게 말했다. "나는 항상 영화관의 진짜 기적은 스크린에 나오는 인물들의 어마어마한 크기가 아닐까 생각해왔다. 스크린 속 배우들은 우리를 우리 자신보다 두 배는 더 큰 거인으로 이루어진 어른들의 세계에 놓인 어린아이의 시선으로 되돌려놓기 때문이다." 실로 그렇다. 같은 영화를 본다고 해도, 방 안의 티브이에서 볼 때와 영화관에서 볼 때의 태도는 사뭇 다르다. 중간에 끄지 않기 위해서, 졸지 않기 위해서, 그리고 영화의 존재감을 좀 더 느끼기 위해서 기꺼이 영화관에 간다.

고전의 기적 역시 고전이 담고 있는 내용보다는 원래보다 어마어마하게 커진 텍스트의 존재감 그 자체가 아닐까.

그렇다면 고전은 영화관에 들어간 텍스트와도 같다. 고전은 우리 자신보다 서너 배는 더 커진 거인이 되어 독자를 어린 아이의 시선으로 되돌려놓는다. 독자들은 이제 고전에 대해 경배하거나 욕을 하기 시작한다. 칸 영화제에서 돌아온 봉준호 감독의 〈기생충〉에 대해 관객들이 그러는 것처럼.

## 고전이란 무엇인가, 주석이란 무엇인가

동아시아의 대표적 고전이라고 할 수 있는 『논어』가 원래부터 그토록 커다란 고전이었던 것은 아니다. 역사적 맥락을 중시하는 학자들은 공자에 관한 사료가 『논어』 말고도 여럿 있다는 사실을 주지시켜왔다. 많은 고전을 영어로 번역한 중국계 학자인 라우D. C. Lau는 일찍이 공자에 관련된 가장 믿을 만한 사료로서 『논어』만큼이나 『좌전』을 강조한 바 있다. 그러나 사람들은 이상하리만치 공자를 논할 때 『논어』에만 집중해왔다.

그토록 관심이 집중된 텍스트인 『논어』는 사실 다양한 이들에 의해 기록된 파편들이 복잡한 과정을 거쳐 취합된 불균질한 텍스트이다. 그래서 학자들은 오랫동안 『논어』의 각 부분이 서로 어떤 관계를 맺는지에 주목해왔고, 그중 어느 부분이 진짜이고 어느 부분이 가짜인지, 그리고 얼마나 다양한 종류의 『논어』들이 존재하다가 결국에는 합쳐져 현행 『논어』로 수렴되었는지 탐구해왔다. 이런 학문적 흐름에서 최근 획기적인 입장을 천명한 학자가 마이클 헌터이다. 그는 공자를 논할 때 『논어』 중심성을 과감하게 탈피하고, 고대 중국의 공자 현상 전체(the "Kongzi" phenomenon in its totality)에 주목하자고 주장한다. 즉, 『논어』는 공자가 등장하는 많은 고대 문헌 중 하나에 불과하다는 것이다. 이러한 주장은 현행 『논어』가 성립되기 이전 역사에 관심을 둔 이들에게 상당한 호소력을 갖는다.

　동시에 기억해야 할 것은 현행 『논어』가 고전의 지위를 누리게 된 다음부터는 『논어』의 중심성 자체가 하나의 역사적 사실이 되었다는 점이다. 『논어』는 어느 순간부터 그것이 담고 있는 내용 때문에 유명하다기보다는 유명하다는 사실 때문에 유명한 텍스트가 되고 만 것이다. 어쩐지 한 번쯤은 읽어봐야 할 것 같은 책, 그러나 아직 읽지 않고 있는 책. 어쩐지 한 권쯤은 집에 사다놓아야 할 것 같은 책, 그러나 자기보다는 자식이 읽어주었으면 하는 책. 누구나 어느 정도는 안다고 주장하고 싶은 책, 그러나 사실 잘 알지는 못하는 책. 요컨대 고전은 그 내용이 의미심장하기에 사람들의 관심을 받기도 하지만, 사람들의 관심을 받아 유명한 책이 되었기에 의미심장한 텍스트가 되기도 하는 것이다.

　어떤 책이 고전의 자리를 확보하고 나면, 사람들은 앞다투어 자신의 생각을 그 책에 빗대어 이야기하거나 그 책을 풀이하는 과정에 자기 생각을 삽입하고 싶어 한다. 즉 사람들은 자기 생각을 독립된 글을 통해 발표하기보다는 고전의 주석이라는 형식을 빌려 발표하길 원한다. 그도 그럴 것이 평소 주목받지 않던 이가 어느 날 느닷없이 자기 이야기를 한다고 해서 사람들이 경청해주겠는가. 이미 유명한 대상에 대해 의견을 제시하면 바로 그 유명한 대상 때문에라도 사람들은 그의 말을 들어줄지 모른다. 그래서 저명한 사회과학자 시다 스코치폴은 "새 와인은 새 통보다는 이미 있는 통에 담는 것이 좋다"고 말한 바 있다. 사람들은 대개 유명하고 익숙한 와인을 마시려 들고, 유명하고 익숙한 텍스트에 관심을 기울이고 주석을 단다. 그렇게 발전한 주석사는 단순히 고전을 해설하는 데 그치지 않고, 사람에 따라 달라지는 다양한 생각들을 담는 매개체가 된다.

　사람에 따라 그리고 시대에 따라 크게 달라지는 주석을 읽다보면, 같은 대상도 관점에 따라 얼마나 달리 보일 수 있는지 실감하게 된다. 동시에 우리 자신의 관점이 당대의 편견이나 선입견으로부터 그다지 자유롭지 못하다는 사실 역시 깨닫게 된다. 실로 세상일이란 관점에 따라 달리 보이기 마련. 우리는 지옥을 인간이나 천사의 관점에서 보는 데 익숙해 있지만, 악마의 관점에서 지옥을 본다면 지옥이야말로 고향처럼 따스한 곳일지도 모른다. 우리는 인간의 관점에서 세상을 보는 데 익숙해 있지만, 개의 관점에서 인간 세상을 본다면 세상은 지금보다 더 불가해한 곳으로 보일지 모른다. 같은 호모 사피엔스인데도 어떤 인간은 자신을 가족보다도 애지중지해주고, 어떤 인간은 자신을 보신탕집에 팔거나 삶아 먹기도 하는 불가해한 세계. 누군가 지하철 선로에서 투신을 하면, 우리는 일반 시민이나 혹은 투신자의 관점에서 사태를 보는 데 익숙할 뿐 자신이 운전하던 지하철로 그 투신자를 칠 수밖에 없었던 기관사의 관점에서 사태를 바라보는 데는 익숙하지 않다.

## 지방 엘리트 주희가 바라본 논어

중국에서 오랫동안 고전의 지위를 누려온 『논어』의 주석사는 얼마나 다양한 관점을 통해 해석되어왔을까? 그 관점들은 중국 역사의 변천을 과연 얼마나, 어떻게 반영하고 있을까? 중국사 전체를 통틀어 가장 획기적인 변화 중 하나는, 남송대(1127~1279)를 기점으로 시작된 특정 지방 엘리트의 성장이다. 북송대(960~1127)에만 하더라도 정부가 적극적으로 관직의 문호를 열었기 때문에 과거시험을 거쳐 관리가 되는 일이 그토록 어렵지만은 않았다. 그러나 남송대가 되면, 지방에서만도 경쟁률이 100 대 1 혹은 그 이상으로 심해졌다.

과거시험을 쳐서 관리가 되기란 오늘날 박사학위자가 교수직을 얻는 일, 혹은 고시생이 고시에 합격하는 일보다도 어려운 일이 된 것이다. 고등교육을 받았다고 해서, 자동적으로 그에 상응하는 보상(취업 혹은 소득)이 주어진다는 보장은 없는 법. 사회경제적인 관점에서 본다면 그 보상은 결국 수요공급의 차원에서 결정된다. 과거시험에 합격하기가 그토록 어려워진 것은 늘어나는 수험생에 비해서 관직은 거의 늘어나지 않았기 때문이다.

남송대 이후로 현대 중국이 성립하기까지 약 8세기 동안 중국은 인구 증가에도 불구하고 관리 수를 거의 늘리지 않았다. 그 긴 기간 동안 정부는 제한된 수의 관리만으로 지방과 시장에 대해서 상대적으로 비개입적 태도를 유지하고, 상대적으로 낮은 세금을 부과하였다. 청나라 후기에 한 명의 지방관이 담당했던 지방민은 20만~30만 명 정도였다. 이런 상태라면 중앙에서 파견한 지방관이 토착민과 지방 엘리트들의 도움 없이 해당 지역을 일상적으로 통치하기는 불가능에 가깝다. 그리하여 지방관들과 해당 지방의 엘리트들은 통치의 파트너로 상호 협조 관계를 맺곤 하였다.

이때 통치에 도움을 준 지방 엘리트 상당수가 바로 과거 시험 공부에도 불구하고 관리가 끝내 될 수 없었던 지식인 층이었다. 이들은 관리가 됨으로써가 아니라 지방 엘리트가 됨으로써 자신들의 정치적 열망을 실현 혹은 해소해나갔던 것이다. 이러한 지방 엘리트로서의 자의식에 이데올로기적 자양분을 제공한 것이 이른바 성리학이다. 가장 영향력 있는 성리학 이론가는 바로 그 유명한 주희였으며, 그의 사상은 그가 새로 쓴 『논어』의 주석에 고스란히 반영되어 있다.

## 관직이 없어도 혹은 관직이 없기에

『논어』「팔일八佾」편에 붙은 그러한 주석 하나를 살펴보자. 자신의 정치적 열망을 실현하기 위하여 제후들을 찾아다니던 공자는 어느 날 위衛나라 의儀 지역에 이르게 된다. 그곳 국경 관리자가 공자를 만나고 나서 제자들에게 이렇게 말했다.

"여러분은 선생님이 관직을 잃은 것에 대해 뭘 걱정하십니까? 천하에 도가 없어진 지 오래입니다. 하늘이 장차 선생

님을 목탁으로 삼을 것입니다."(二三子何患於喪乎. 天下之無道也久
矣. 天將以夫子爲木鐸.) 공자가 목탁이 된다니, 도대체 뭐가 된다
는 말인가?

　한나라(B.C.206~A.D.220) 때 주석가 공안국의 설명에 따르
면, 여기서 목탁이란 관리가 정부에서 정한 법령이나 명령
같은 것을 반포할 때 소리를 내는 도구이다. 따라서 이 구절
은 공자가 그러한 법령을 만들 수 있는 관직 혹은 정치적 권
력을 가지게 됨을 의미한다(木鐸, 施政教時所振也. 言天將命孔子制作
法度, 以號令於天下也). 공안국과 같은 사람이 보기에는 세상에
서 정치적 열망을 실현한다는 일은 관리가 되는 일과 불가
분이었던 것이다. 그러나 남송대 성리학자 주희는 다르다. 그
가 추가한 새로운 주석은, 목탁이란 도로를 따라 울리는 물
건이라는 사실에 주목한다. 그리고 공자가 관직을 잃고 사방
을 돌아다니며 가르침을 펴는 것을 목탁이 도로를 따라 울
리는 것에 비유하였다(天使夫子失位, 周流四方以行其教, 如木鐸之徇于
道路也).

　즉, 공자는 관리가 되어 정부의 명령이나 법령을 반포할
운명이 아니라 오히려 관직을 잃었기 때문에 목탁처럼 세상
을 돌아다니며 평천하平天下에 기여할 운명이라는 것이다. 이
처럼 관직이 없어도 혹은 관직이 없기에 평천하에 공헌할 수
있다는 주석은 끝내 관리가 될 수 없었던 당시 고학력 지방

엘리트들에게 상당한 호소력이 있었을 것으로 추정할 수 있다. 남송대 이후 전개된 엘리트 정체성의 변화를 고려하지 않고는 주희의 주석이 갖는 이러한 함의와 영향력을 충분히 음미하기 어렵다.

고등교육을 받은 많은 사람들이 그에 상응하는 보상을 얻지 못하는 현상은 현대 한국에서도 일어나고 있다. 한국직업능력개발원에서 2014년 8월에 펴낸 '대학 및 전문대학 졸업자의 직종별 수요 추정' 보고서에 따르면, 한국 사회가 요구하는 석·박사 인력은 25만 2,901명이지만 실제 인력은 113만 589명으로 87만 7,688명이 과잉인 것으로 나타났다. 그 이후로도 매해 박사학위자는 1만 명이 넘게 배출되고 있는데, 이들을 수용할 직장은 증가하기는커녕 오히려 축소 일로에 있다. 이들이 갈 곳은 어디이며, 이들이 발전시킬 세계관은 무엇이며, 이들이 결국 쓸 이 사회와 고전에 대한 주석은 무엇인가.

선생님께서 말씀하셨다. "싹을 틔우고도 꽃을 피우지 못하는 이가 있다! 꽃을 피우고도 열매를 맺지 못하는 이가 있다!"

子曰, 苗而不秀者, 有矣夫. 秀而不實者, 有矣夫.

『논어』「자한」 22

# 계보란 무엇인가

    많은 문학 연구자들이 20세기 한국 최고의 작가 중 한 사람으로 염상섭을 꼽는 데 주저하지 않는다. 염상섭은 「만세전」에서 조선 사람과 조선 정치에 대해 다음과 같이 묘사한 적이 있다. "고식姑息, 미봉彌縫, 가식, 굴복, 도회韜晦, 비겁… 이러한 모든 것에 만족하는 것이 조선 사람의 가장 유리한 생활 방도요, 현명한 처세술이다. 조선 사람에게 음험한 성질이 있다 하면 그것은 아무의 죄도 아닐 것이다. 재래의 정치의 죄다."

    염상섭은 「만세전」에 이어 「삼대」에서 재래의 정치와 조선인의 행태에 대해 좀 더 자세하게 묘사한다. 이를테면 「삼대」의 주인공 조씨 할아버지를 보라. 그는 이미 손자까지 있을 정도로 연로한 사람인데, 거금 2만 냥을 들여 다시 젊은 수원댁을 첩으로 들인다. 그러나 수원댁은 그의 소망과는 달리 그만 딸을 낳고 만다. 그리하여 아들을 하나 더 두고 싶은 조씨 할아버지의 성욕은 그칠 줄을 모른다. "영감의 소원은 앞으로 15년만 더 살아서(15년이면 여든 두셋이나 된다) 안방 차지인 수원댁의 몸에서 아들 하나만 더 낳겠다는 것이다."

고문서 연구가 이병규의 추산에 따르면 1877년경 한 냥兩의 가치는 2004년 물가로 40만 원 정도였다고 하니, 20세기 초의 묘사라고 해도 조 영감은 젊은 첩을 들이기 위해 어마어마한 돈을 쓴 것이다. 그러나 그에게 2만 냥 정도는 큰 낭비도 아니다. 그는 기꺼이 열 배나 되는 20만 냥의 돈을 써가며 남의 족보를 사들인다. "돈을 주고 양반을 사!" 혹은 "조상의 음덕을 입으려고? 하지만 꾸어온 조상은 자기네 자손부터 돕는답니다"라는 이죽거림이 주변에 없지는 않았지만, 결국 많이 배웠다는 그의 아들마저도 이렇게 말한다. "우리 조씨도 그렇게 해서 남에 빠지지 않고 자자손손이 번창해나가야 하지 않겠나." 양반집 가계에 끼어들어가는 데 왜 그렇게 큰돈이 드는가? 책 만드는 비용이 비싸던 시절이었다고는 해도, 족보 출판비가 20만 냥에 이를 정도로 비쌌던 건 아니다. 염상섭에 따르면 그 돈은 "군식구가 늘면 양반의 진국이 묽어질까 보아 반대를 하는 축들이 많으니까 그 입을 씻기 위해 쓴 것이다." 즉, 돈으로 가짜 양반 신분을 사려 드는 조씨 일가만 "고식, 미봉, 가식, 굴복, 도회, 비겁"했던 게 아니다. 이른바 기존 진성 양반들조차도 일정액의 돈을 받으면, 자신들이 그렇게 뻐기던 양반이라는 상징 자본을 팔기에 서슴지 않았다는 얘기다.

## 양반처럼 보이기 위해 족보 만들어

이와 같은 염상섭의 묘사는 단지 창작에 불과한 것일까? 염상섭이 묘사하는 모습은 사실 깊은 역사적 뿌리를 가지고 있다. 인천시 남동구 도림동 오봉산 중턱으로 가보자. 그곳에 는 조선시대에 판서를 역임한 이의 산소가 있는데, 그 산소의 비석 뒤에는 열녀 나주 임씨의 행적이 새겨져 있다. 그 판서 는 많은 첩을 거느렸다. 20세의 나주 임씨를 어린 첩으로 맞 이한 건 나이 83세 때다. 그런데 같이 지낸 지 8개월 만에 그 만 그가 죽고 만다. 그러자 임씨는 매우 슬퍼했고, 장사를 치 르고 나서 며칠 후에 자살했다고 전한다. 그녀는 왜 슬퍼했 고, 왜 자결했던 것일까? 실제 그녀의 마음이 어땠든 간에 세 상 사람들은 그를 동첩열녀童妾烈女라고 칭송했고, 정부에서 는 그 뜻을 가상히 여겨 열녀정려烈女旌閭를 하사했다.

그뿐 아니다. 역사학자들은 조선에서 현대에 이르는 동안 이 땅에서 신분 상승을 위한 노력이 어떤 식으로 펼쳐졌는지 주목해왔다. 이를테면 권내현의 저서 『노비에서 양반으로, 그 머나먼 여정: 어느 노비 가계 2백 년의 기록』을 보라. 그에 따르면, 노비들은 도망 혹은 재산을 통해 노비 신분에서 벗어나기를 꾸준히 모색해왔다. 특히 국가 재정이 피폐하던 시기에는 국가에 곡식을 바치고 노비 신분을 벗어나기가 상대적으로 용이했다. 그러나 돈만 낸다고 바로 양반이 될 수 있는 것은 아니었다. 반드시 성씨와 본관을 만들어야 했고, 기존 양반처럼 보이기 위해 족보를 만들고 제사를 지내야 했다. 이 땅의 사람들이 너도나도 제사 지내기를 게을리하지 않게 된 데에는 이러한 역사적 배경이 있다.

이와 같은 양반으로의 신분 상승 욕망은 과거의 유물에 불과한 것일까? 이른바 갑오경장의 노비제도 혁파 이후에는 그러한 현상이 불식되었을까? 특정 제도를 폐지하겠다고 선언한다고 해서 세상이 갑자기 바뀌는 것은 아니다. 역사학자 이기백은 1999년에 『한국사 시민강좌 24』에 발표한 「족보와 현대사회」라는 글에서 다음과 같은 일화를 전한다. "해방 초기에 서울대학교 총장을 지낸 분 중의 한 분은 그의 부친이 노비 신분이었다고 한다. 그분 자신은 인격이 고결해서 굳이 그 사실을 숨기지 않았다는 일화까지 전하고 있다.

그런데 그분이 세상을 떠난 뒤에 자제분이 부친의 전기를 출판했는데, 거기에는 양반 출신으로 기록되어 있다고 한다. 아마 자제분이 같은 성씨를 가진 어느 가문의 족보에 넣도록 했을 것이다." 유명 국립대학의 총장까지 지낼 정도로 '신분 상승'을 한 집안마저, 그리고 노비 신분을 자인할 정도의 정신력을 가진 선친이 존재했음에도 불구하고, 그 후손 대에 가서는 염상섭이 묘사한 상황이 다시 벌어진 것이다.

## 어떻게 근본 없는 자식과 결혼을

이기백이 묘사한 시기로부터도 이제 제법 시간이 흘렀다. 21세기에 들어선 요즘에는 그런 일이 존재하지 않는다고 누군가 주장할지 모른다. 그러나 나는 다음과 같은 이야기를 들은 적이 있다. 연애하다가 양가에 결혼 승낙을 얻는 과정에서 뜻밖의 고초를 겪은 연인들이 있었다고 한다. 정씨 성을 가진 여자 쪽 할아버지가 김씨 성을 가진 남자와의 결혼에 결사반대하고 나선 것이다. 여자 쪽 집안 선조가 저쪽 김씨 집안 선조로부터 참살당한 고려시대 기록이 있으니, 절대 결혼을 허락할 수 없다고 했단다. 젊은 남자는 당황했지만, 일단 결혼을 하고 봐야 할 것 같아서 선조분 일은 죄송하게 되었다고 사과를 했다. 그러나 여자 쪽 할아버지는 막무가내였다. 그러자 이번에는 남자 집안 쪽 할아버지가 "그런 노망난 영감탱이 집안하고는 결혼 없던 걸로 해!"라며 맞불을 놓았다.

상황이 이렇게 되자, 그 연인들은 원형탈모 증세까지 보이며 우울증에 시달리게 된다. 이를 보다 못한 남자 쪽 할아버지가 마침내 집안의 비밀을 털어놓게 된다. "사실 내 아버지는 조선 말에 양반집 김씨의 노비였단다. 성도 없었지. 갑오경장을 계기로 노비들도 호적 신고를 할 수 있게 되자 갑자기 성을 만들어야 했어. 그저 주인집 성씨를 따르다보니 우리 집안이 그만 김씨가 되고 말았어. 우리 집안 족보가 새 것인 데는 사실 그런 이유가 있단다. 사실, 그간 엉뚱한 집안 제사를 지내온 거야." 할아버지의 고백을 듣자마자 그 남자는 기쁜 나머지 여자친구 집안에 즉각 그 사실을 알린다. "우리 집안은 사실 김씨가 아니었고, 김씨 집안 노비였습니다!" 그 말을 들은 여자 쪽 할아버지는 결혼을 허락하기는커녕 어떻게 근본 없는 자식과 결혼하느냐며 다시 화를 냈고, 젊은이의 원형탈모는 나을 줄을 몰랐다.

전해들은 이야기는 신빙성이 없다고? 그렇다면 언론에 공개된 다음과 같은 이야기는 어떤가. 법률 전문 신문《로이슈Lawissue》의 2018년 1월 10일자 보도에 따르면, 부산지방법원 판사로 재직하던 L씨는 딸이 다니던 특수교육 센터의 책임자 K와 어느 날 모텔에 가서 성관계를 갖는다. 아마 그때 그 두 사람은 사랑의 밀어도 속삭였으리라. 이 사회의 관습이나 법 따위는 우리 사랑을 떼어놓을 수 없어, 운운. 어쨌거나 그 사랑의 결과, K는 딸을 임신했다. 그러나 딸만 셋이 있던 L씨는 K에게 임신중절을 시키고 아들을 가질 것을 요구한다. 여러 노력 끝에 K가 마침내 아들을 낳게 되자, L씨는 자신의 자식으로 입적한다. 이리하여 '자자손손이 번창해나갈' 무렵, K씨는 L씨에게 다수의 내연녀가 있음을 알게 된다. 그리고 L씨가 그들에게 고액의 금전 지원을 하고 있다는 낌새를 채자, 그만 분노가 폭발하고 만다. K씨는 자신에게도 많은 금전 지원을 할 것을 요구했지만, 이제 변호사로 활동 중인 L씨는 그 요구에 응하지 않고 대신 K씨의 손을 물어뜯는다. K씨는 수십억 원을 요구하는 소송을 시작한다. L씨 역시 이에 굴하지 않고, 자기도 목을 졸린 적이 있다며 맞소송을 제기한다.

이 나라가 결국 법치국가임을 보여주는 이 화려한 내연 관계보다 내게 흥미로운 것은, 법조인 L씨가 털어놓은 다음과 같은 소회이다. "제가 딸만 셋이다보니 모친으로부터 10여 년간 들어온 말이 '판사면 뭐하고 돈 잘 벌면 뭐하노. 아들 하나도 없는데…'였는데 이게 심리적 원인이 돼 혼외자가 생겨도 죄책감보다 되레 마음이 편했다. (…) 나를 짐승 취급하는 욕설 등 수모를 당하면서도 꾹 참아온 것은 아들에게 피해가 갈까 봐 그랬는데….”


## 공자 생전엔 '유교'가 존재하지 않았다


에드워드 사이드의 『오리엔탈리즘』 한국어 번역 후기에서 박홍규는 “미국에서 동양의 메카라고 하는 하버드의 옌칭 연구소란 소위 동양적인 것 — 중국적 혹은 일본적인 것 — 의 수집처이다(한국적인 것도 약간 있으나 그 대중은 족보이다). 그곳에서 우리의 법이나 경제 또는 정치를 제대로 연구하기는 힘들다”고 말한 적이 있다. 그러나 위에서 언급한 사례들을 고려해보면, 족보야말로 한국의 법률적·경제적·정치적 욕망이 반영되어 있는 흥미로운 자료가 아닐까? 지금까지 살펴본 사례들에는 거액이 오가는 경제적 차원, 신분 상승과 권력이라는 정치적 차원, 그리고 소송을 통해 분쟁을 해결하려는 법적 차원이 모두 들어 있다. 그래서였을까. 영국에서 오랫동안 한국사를 가르쳤던 마르티나 도이힐러는 족보 자료를 적극 활용해서 2018년에 『조상의 눈 아래에서』라는 저서를 출간했다. 그 책에 따르면, 한국 사회의 지배층은 삼국시대에서 현대에 이르기까지 크게 바뀌지 않았고, 친족 질서야말로 한국사를 관통하는 근간이며, 그것은 소위 '유교儒敎'와 관련이 있다.

하지만 이러한 일련의 사태와 『논어』의 세계를 연결시키는 일은 생각보다 간단하지 않다. '유교'라는 용어의 뜻이 정밀하지 않다는 것은 논외로 하더라도, 공자 생전에는 오늘날 알려진 '유교'라는 것은 존재한 적이 없다. 그리고 『논어』에 따르면, 공자는 당시 만연한 여성 혐오의 일단을 보여주되(「양화」 25), 족보 작성을 옹호하거나 조상신의 덕을 보라고 한 적은 없다. 그리고 여자와의 염문설에는 부정으로 일관했으며(「옹야」 28), 자신의 친아들보다는 제자를 더 사랑했다. 그렇다면 위에서 묘사한 현상들과 『논어』와의 착잡한 관계를 설명하기 위해서는 좀 더 복합적인 접근, 좀 더 역사적인 접근이 필요하다.

# '유교'란 무엇인가

이 '논어 에세이'를 '유교'에 관한 글로 마무리하는 것도 괜찮지 않을까. 유교야말로 늘 『논어』, 공자 등의 말과 함께 등장하는 연관 검색어가 아닌가. 앞에서 언급했듯이 공자 생전에는 유교라고 지칭할 만한 제도화된 종교, 전통, 혹은 사회적 정체성 같은 것은 존재하지 않았다. 그럼에도 불구하고 공자는 유교의 창시자인 것처럼, 유교 전통은 공자의 메시지를 고스란히 따른 것처럼 여겨지기도 했다. 과연 공자와 『논어』의 메시지는 유교 전통 속에서 온전히 보존될 수 있었을까?

# 프랑스 시골도 '유교'적

어린 시절 학교에서 배운 것 중에 지금도 기억에 남는 건 '말 전달 놀이'다. 선생님은 맨 앞에 앉은 학생에게 귓속말로 어떤 메시지를 건넨다. 그러면 그 학생은 자기 뒤에 앉은 학생에게 역시 귓속말로 그 메시지를 전달한다. 그런 식으로 교실 맨 끝에 있는 학생에 이르면, 메시지의 내용은 원래 내용과 크게 달라져 있다. 이러한 놀이를 통해 선생님은 메시지 전달이라는 것이 얼마나 어려운지, 그리고 전달 과정을 통해 메시지가 얼마든지 바뀔 수 있음을 학생들에게 가르쳐 주었다.

예를 들어보자. 선생님은 맨 앞의 학생에게 "김영민 교수와 배우 전도연이 닮았다"는 메시지를 전한다. 그러나 맨 뒤 학생이 결국 전해 들은 메시지는 "김영민이 칸 영화제에서 여우주연상을 수상했다"는 내용이다. 어떻게 하여 이런 왜곡 혹은 변화가 일어났을까? "김영민과 전도연이 닮았다"는 메시지는 여러 학생의 귓속말을 거치는 동안 "전도연과 김영민은 누가 보아도 똑같다"를 거쳐 "김영민과 전도연은 사실 쌍둥이다"를 거쳐 "김영민은 전도연의 줄기세포를 복제한 거다"를 거쳐 "바쁜 전도연을 대신해서 복제인간 김영민이 칸 영화제 수상식에 대리 참석하여 여우주연상을 받았다"에 이르게 되는 것이다.

불과 학생들 몇십 명 간의 메시지 전달 과정에서 이러한 변형이 일어날 수 있다면, 2,000년이 훌쩍 넘는 시간 동안 공자 혹은 『논어』의 메시지가 변형되지 않을 리 있겠는가. 소위 '유교' 전통 안에 원래는 없던 여러 가지 잡다한 요소들이 그 과정에 끼어들지 않겠는가. 그리하여 복잡해진 전통을 다시 간명하게 정리하는 과정에서 부적절한 단순화가 일어나지 않겠는가. 그 결과, 오늘날 누군가 '유교란 이러이러한 것이다'라고 규정하면, 그에 동의하지 않는 사람은 '유교' 전통 속에서 얼마든지 그와는 다른 특징을 찾아낼 수 있게 되어버렸다. 예컨대 누군가 유교는 상업을 억압하는 특징이 있다고 주장하면, 그에 반대하는 이는 '유교' 전통 속에서 상업을 선양하는 특징 역시 찾아낼 수 있다. 누군가 유교는 개인을 억압하는 특징이 있다고 주장하면, 그에 반대하는 이는 '유교' 전통 속에서 개인을 고무하는 특징 역시 찾아낼 수 있다.

긴 역사를 가진 전통을 몇몇 특징으로 단순화하는 경향 때문에, 소위 '유교'의 특징은 다른 문화권에서도 얼마든지 발견되기도 한다. 여성주의 영화의 걸작, 아녜스 바르다의 〈노래하는 여자, 노래하지 않는 여자〉는 1960~70년대 여성운동이 싸워야 했던 당시 프랑스 사회의 면면을 보여준다. 억압적인 부모와의 갈등, 낙태와 피임을 둘러싼 문제들, 가족제도의 위계적 성격 등등. 이 영화에서 그리고 있는 프랑스 사회의 문제들은 오늘날 많은 이들이 '유교 문화'라고 부르는 면면과 다르지 않다. 역사학자 유진 웨버가 묘사하는 19세기 말 프랑스 향촌 사회 모습 역시 놀랍게도 '유교적'이다. 남녀 간의 성차에 대한 강조, 남아 선호, 가족 유대 등 당시 프랑스 향촌 사회의 특징은 이른바 단순화된 '유교' 사회의 특징과 별반 다르지 않다. 그렇다면 '유교'라는 단어는 제반 현상들을 범박하게 지칭하는 용어로는 쓸모가 있을지 몰라도, 특정 사회의 독특한 면모를 적시하기에는 너무 투박한 용어라고 할 수 있다.

## 유용한 동시에 무용한 단어

그 투박함에도 불구하고 사람들은 '유교'라는 말을 지나치게 즐겨 사용한다. '유교'란 소위 한국 전통문화의 핵심을 가리키는 말이기도 하고, 사라져야 할 과거의 적폐를 지칭하는 말이기도 하고, 가부장적 질서와 동의어이기도 하고, 전근대적 요소를 총칭하는 말이기도 하고, 기독교·불교·이슬람교에 상응하는 동아시아의 종교를 지칭하는 말이기도 하고, 그냥 별 뜻 없이 사용되는 '아무 말'이기도 하다. 유교라는 말을 사용하는 게 불가피할 때도 있지만, 사용 빈도를 볼 때 유교라는 말에 대한 사랑은 지나치다고 해도 과언이 아니다. '유교'를 좋아하건 싫어하건, 왜 그토록 유교라는 말을 자주 사용하는 것일까?

일단 유교는 현대 한국 혹은 동아시아를 정교하게 설명할 능력은 없지만 그래도 기를 쓰고 설명하고 싶을 때 유용하다. 현재 한국 사회에서 벌어지고 있는 문제들을 도맷값으로 떠넘길 때 유용하다. 유교 때문에 이 모양 이 꼴이 되고 말았어! 그뿐이랴. 현재 한국 사회의 성취를 설명할 때도 유용하다. 유교가 있었기에 이 나라가 발전할 수 있었어! 실로 유교라는 단어가 없었더라면, 큰일 날 뻔했다. 자칫 아무것도 설명하지 못하고 있다는 사실을 들킬 뻔했으니까. 유교라는 말이 느슨하게 사용되느니만큼, 유교는 코에 걸면 코걸이 귀에 걸면 귀걸이 식으로 다양한 맥락에 대충 들어맞는다. 하나의 단어를 외어서 그토록 여러 맥락에 쓸 수 있다면, 사용자는 여러 가지 복잡한 용어를 학습해야 하는 수고를 덜게 된다. "우왕"이라는 한마디 말로 음식도 주문하고, 사랑도 고백하고, 연설도 할 수 있다면, 사람들은 여기저기서 우왕거리고 있지 않겠는가.

하나의 단어가 너무 많은 것을 의미할 때, 그 단어는 유용한 동시에 무용하다. 결국 '유교'라는 말이 무엇을 지칭하는지 도대체 알 수 없는 상황에 이르고 마는 것이다. 그러한 상황에 일조하는 요인 중 하나는, 사람들이 시대에 따라 달라지는 말의 의미에 종종 둔감하다는 사실이다. 이를테면 『논어』에 나오는 '유儒'라는 말은 후대에 유교를 운위할 때 말하는 '유儒'와는 다르다. 『논어』 「옹야」 13에는 공자가 자하에게 "너는 군자유(군자 같은 식자)가 되어라. 소인유(소인 같은 식자)가 되지 말아라"(子謂子夏曰, 女爲君子儒, 無爲小人儒)라고 말하는 대목이 나온다. 이 대목에서 사용된 '유'라는 말은 오늘날 말하는 '유교'와는 크게 다르다. 그것은 특정 식자층을 가리키는 말이지 특정 종교나 사상의 추종자를 가리키는 말이 아니다.

『논어』에 나오는 '유儒'라는 말은 유교의 영어 번역어로 채택되곤 하는 '컨퓨셔니즘Confucianism'이라는 말과도 차이가 있다. 역사학자 라이어널 젠슨은 『매뉴팩처링 컨퓨셔니즘Manufacturing Confucianism』이라는 저서에서, 우리가 아는 컨퓨셔니즘은 제수이트회(예수회) 선교사들에 의해 새삼 만들어진 것이라는 취지의 주장을 한 바 있다. 그의 저서가 담고 있는 여러 주장이 얼마나 타당한지는 좀 더 따져보아야 하지만, 그의 주장은 『논어』에 나오는 유라는 말, 『논어』가 고전으로 성립하던 시기의 유학儒學이라는 말, 현대의 유학자들이 운운하는 유교라는 말, 영어권 학자들이 사용하는 컨퓨셔니즘이라는 말들의 외연과 내포가 서로 상당히 다르다는 사실을 새삼 환기시켜준다.

그뿐이랴. 문명 간의 비교가 성행하면서 서구에는 기독교가 있고, 중동에는 이슬람교가 있다면, 동아시아에는 그에 상응하는 유교가 있다는 식의 생각이 유행하게 되었고, 그 연장선에서 '유교'를 세계 종교의 하나로 간주하는 경향마저 생겨났다.

하지만 이러한 맥락들에 다 잘 들어맞는 유교의 특징이란 존재하지 않는다. 유교라는 말로 지칭하건, 유학이라는 말로 지칭하건, 컨퓨셔니즘이라는 말로 지칭하건, 그 대상은 매우 오랜 시간에 걸쳐 불균질하게 전개되어온 전통이기 때문에 시공을 넘어선 불변의 유교 본질 같은 것은 없다. 따라서 무리해서 유교의 본질을 규정하려고 들기보다는, 사람들이 어떤 때 어떤 이유로 유교라는 말을 환기하고 사용하려드는가에 주목하는 것이 더 생산적이다. 이를테면 자신을 유학자 혹은 유학자의 후예라고 생각하는 사람들은, 유교라는 상징이 영속하기를 바라 마지않기 때문에, 끊임없이 유교라는 말을 들먹일 것이다. 자신이 말하는 '유교'가 과거의 전통을 얼마나 충실하게 재현한 것인지는 별문제로 하면서.

# 비판자도 생명 연장에 공헌

자신을 유학자의 후예로 간주하는 사람들이 점차 줄어드는 와중에도 '유교'라는 말은 계속 재생산된다. 과거 전통을 정교하게 이해하려는 노력이 너무 번거로운 나머지 그저 편의상 '유교'라는 말을 사용한다. 동아시아의 전통을 먹기 좋게 포장해서 외국에 전달하고 싶은 나머지 그들의 구미에 맞게, 단순화된 의미로 '유교'라는 말을 사용한다. 과거의 문화와 규범을 후다닥 싸잡아 욕하고 싶은 나머지, '유교'라는 말을 거친 의미로 계속 사용한다. 어떤 말이 사멸하는 때는 그 말이 부정적인 함의를 갖게 될 때라기보다는, 더 이상 사용되지 않을 때이다. 유교라는 단어를 사용하며 특정 행동 규범이나 문화를 비판하는 이들은, 그 특정 규범이나 문화의 사멸에 경미하게나마 공헌할지는 몰라도 유교라는 단어의 사멸에는 공헌하지 않는다. 비판을 위해서라고 할지라도, 누군가 '유교'라는 단어를 사용했다면, 그만큼 유교라는 단어의 생명력을 연장한 것이다. 유교라는 단어의 생명 연장에 공헌했다는 점에서는 유교의 비판자들이나 옹호자들이나 크게 다를 바 없다.

과거의 특정 문화, 전통, 혹은 텍스트를 너무 성급하게 혐오하면, 그 혐오로 인해 그 혐오의 대상을 냉정하게 이해하지 못하게 되고, 그러다보면 결국 그 대상을 정교하게 혐오하지 못하는 결과를 낳게 된다. 마찬가지로 특정 문화를 너무 성급하게 애호하면, 그 애호로 인해 그 애호의 대상을 정확하게 이해하지 못하게 되고, 결국 그 대상을 정교하게 애호하지 못하는 결과를 낳게 된다. 성급한 혐오와 애호 양자로부터 거리를 둔 어떤 지점에 설 때야 비로소 자신이 다루고자 하는 대상의 핵심에 한 발자국 더 다가갈 수 있지 않을까. 이 '논어 에세이'가 서 있고 싶었던 지점도 그러한 지점이었다.

선생님께서 자하에게 말씀하셨다. "너는 군자 같은 식자가 되어라. 소인 같은 식자가 되지 말아라."

子謂子夏曰, 女爲君子儒, 無爲小人儒.

『논어』「옹야」 13

# 에필로그

『논어』는 역사 속의 텍스트이다. 그렇게 보았을 때, 『논어』의 주인공 공자 역시 경천동지할 혜안을 가진 고독한 천재라기보다는 자신이 마주한 당대의 문제와 고투한 지성인에 불과하다. 그간 『논어』가 누려온 명성, 오명, 혹은 효과가 있다면, 그것은 『논어』의 초역사적 특징으로부터 온 것이 아니라, 이후 전개된 여러 역사적 요인으로 인해 발생한 것이다.

따라서 이 책을 읽는 이들이 『논어』를 만병통치약으로 사용하지 말기를, 현대 사회의 느닷없는 해결책으로 숭배하지 말기를, 서구중심주의의 대안으로 설정하기 말기를, 동아시아가 가진 온갖 폐단의 근원으로 간주하기 말기를 나는 제안한다. 나의 희망은 그보다 훨씬 더 소박하다. 『논어』를 매개로 해서 텍스트를 공들여 읽는 사람이 되어보자는 것이다. 무턱대고 살아 있는 고전의 지혜 같은 것은 없다. 고전의 지혜가 살아 있게 된다면, 그것은 고전 자체의 신비한 힘 때문이라기보다는, 텍스트를 공들여 읽고 스스로 생각한 독자 덕분이다. 이 점을 확실히 할 때에야 비로소『논어』는 독자에게 양질의 지적 자극을 주게 될 것이다.

이 책에 실린 글들이 이와 같은 생각을 온전히 구현하고 있는 것은 아니다. 이 '논어 에세이'는 나의 〈논어 프로젝트〉의 일부에 불과하다. 〈논어 프로젝트〉는 총 다섯 가지 저작으로 이루어진다. ① 논어의 주제를 소개하는 에세이『생각의 시체를 묻으러 왔다』(개정증보판), ② 최신 연구 성과를 반영한 새로운 완역본『논어』, ③ 공자와 논어의 세계에 대한 해설『논어란 무엇인가』, ④ 논어 '학이'편과 '자로' 18장에 대한 심층 해설『배움의 기쁨』, ⑤ 논어 번역서 비평『논어번역비평』. 따라서 이 '논어 에세이'는 논어 이야기의 전부가 아니라 그 이야기로 안내하는 초대장이다.

# 시 출처

기형도, 『입 속의 검은 잎』(문학과지성사, 1989)

김광규, 『희미한 옛사랑의 그림자』(민음사, 1995)

베르톨트 브레히트, 『아침저녁으로 읽기 위하여』(김남주 옮김, 푸른숲, 2018)

베르톨트 브레히트, 『서정시를 쓰기 힘든 시대』(박찬일 옮김, 민음사, 2018)

유하, 『바람 부는 날이면 압구정동에 가야 한다』(문학과지성사, 1991)

이영광, 『나무는 간다』(창비, 2013)

장승리, 『무표정』(문예중앙, 2012)

정현종, 『광휘의 속삭임』(문학과지성사, 2008)

진은영, 『훔쳐가는 노래』(창비, 2012)

황동규, 『삼남에 내리는 눈』(민음사, 1975)